Elements

Teil 1

The Eye of Satan...

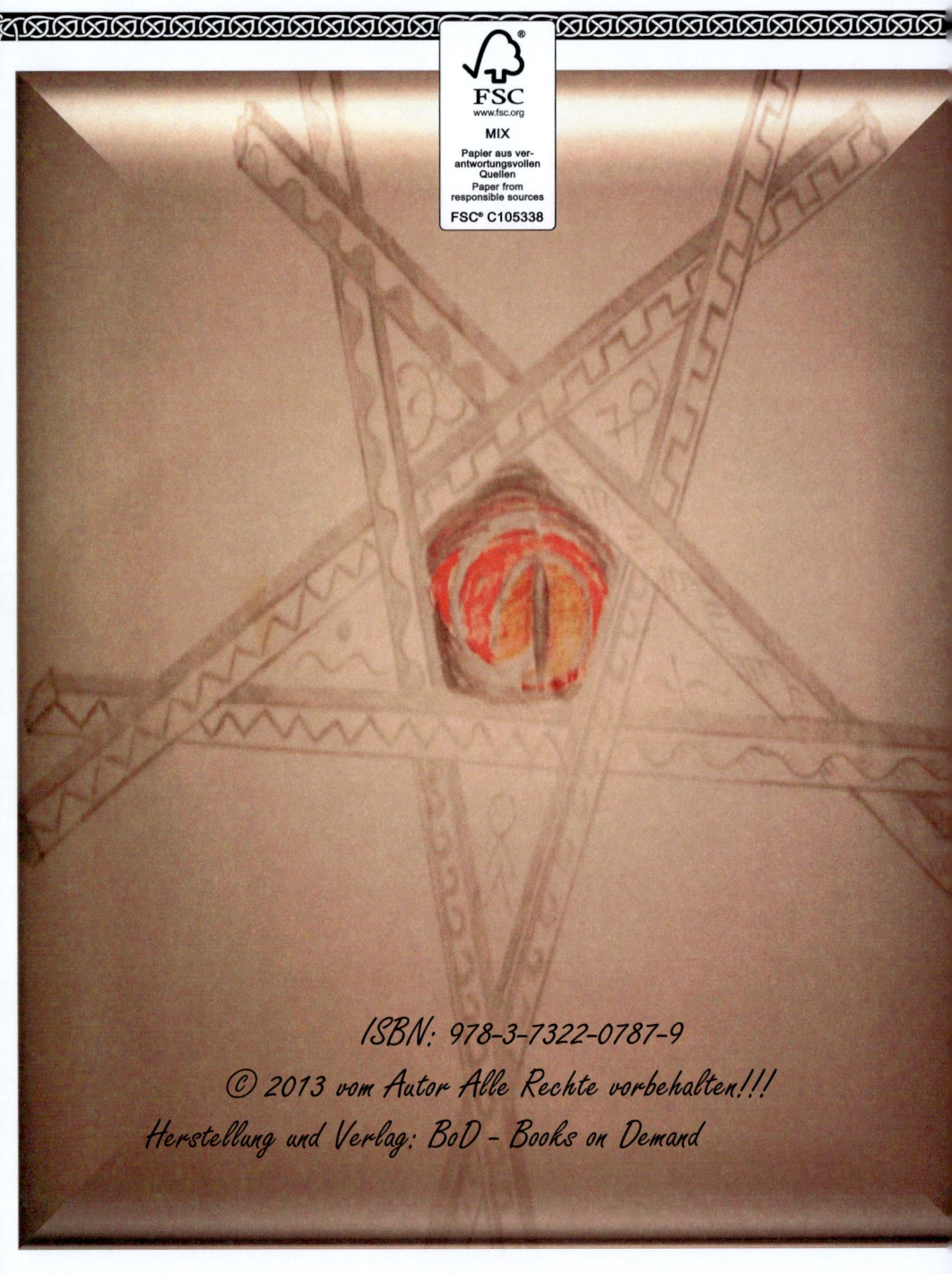

ISBN: 978-3-7322-0787-9

Herstellung und Verlag: BoD - Books on Demand

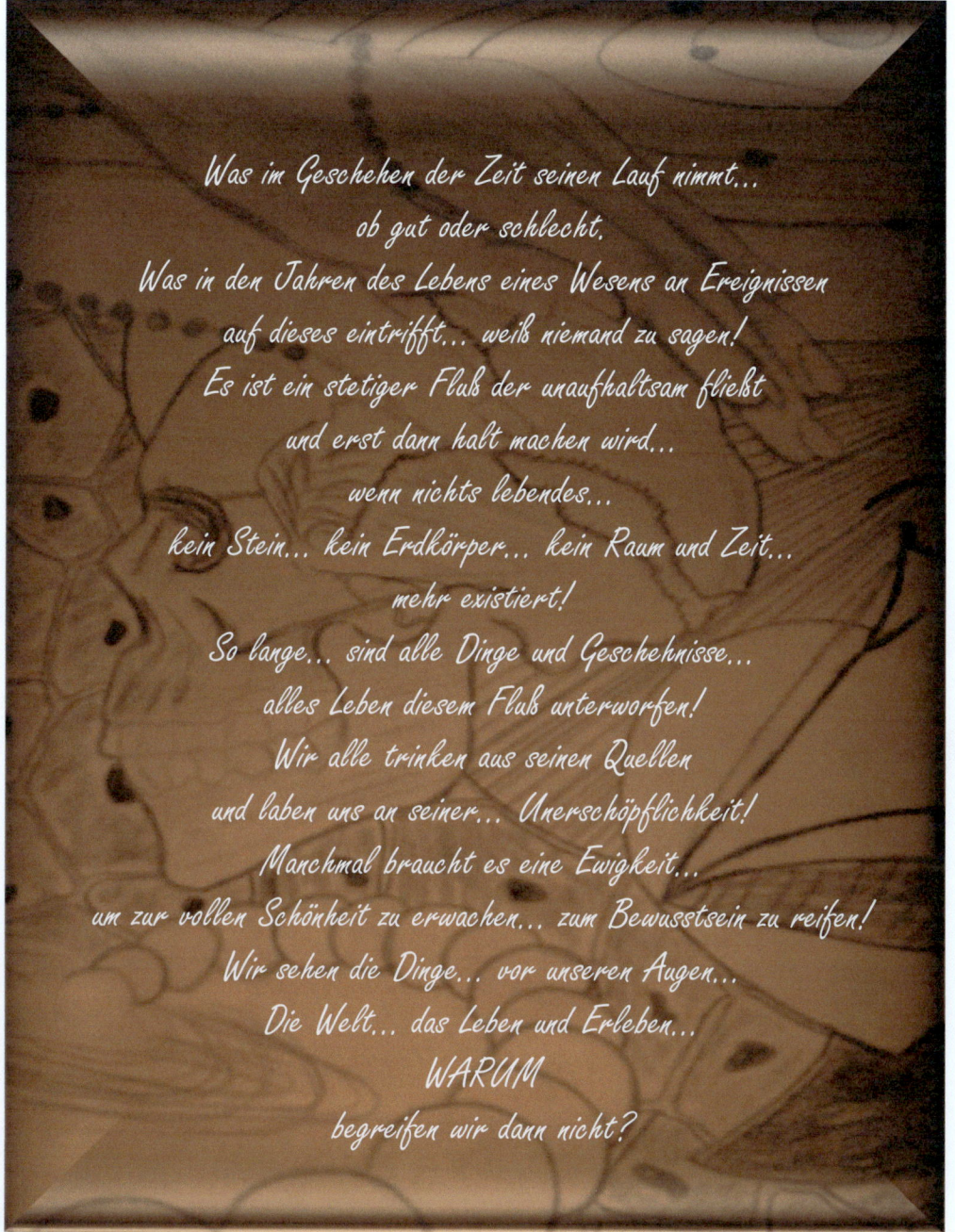

Was im Geschehen der Zeit seinen Lauf nimmt...
ob gut oder schlecht,
Was in den Jahren des Lebens eines Wesens an Ereignissen
auf dieses eintrifft... weiß niemand zu sagen!
Es ist ein stetiger Fluß der unaufhaltsam fließt
und erst dann halt machen wird...
wenn nichts lebendes...
kein Stein... kein Erdkörper... kein Raum und Zeit...
mehr existiert!
So lange... sind alle Dinge und Geschehnisse...
alles Leben diesem Fluß unterworfen!
Wir alle trinken aus seinen Quellen
und laben uns an seiner... Unerschöpflichkeit!
Manchmal braucht es eine Ewigkeit...
um zur vollen Schönheit zu erwachen... zum Bewusstsein zu reifen!
Wir sehen die Dinge... vor unseren Augen...
Die Welt... das Leben und Erleben...
WARUM
begreifen wir dann nicht?

Vergangenes und Gegenwart

Ich hatte mich schon vor Jahren aus dem „Zirkus" zurückgezogen...
die „Einzig Wahren" hinter mir gelassen. Aber es hörte nicht auf... nein!
Die leisen Stimmen sprachen immer noch zu mir. Was ich auch tat... sie
riefen mich... immer und immer wieder.
Ich hörte sie ganz deutlich... sah die Zeichen... die sie allerorts hinterlie-
ben.....
Aber... ich verspürte schon lange nicht mehr den Drang ihnen zu folgen.
Im Grunde hatte ich diesen Drang wohl auch nie wirklich in der Weise
gehabt... War ich doch schon immer eigen was gewisse Dinge betraf.
Es geht hier schließlich um etwas sehr persönliches... das man nicht unbedingt der Massen- Kompatibilität zum Opfer machen muß!
Aber wie heißt es so schön... Erstens kommt es anders... und Zweitens als
man denkt! Es war mehr eine Mischung aus Erwartung und Faszination so
wie bei fast allem im Leben.
So werden dann Erwartungen nicht erfüllt... und die Faszination versinkt
im Stumpfsinn... Weil das wirklich Wahre zu unwirklich ist! Und wenn du
leben willst... triffst du Entscheidungen... die dich manchmal von dem...
was dein Inneres bewegt... trennen!

Ich lernte Syrius zufällig bei einem meiner unzähligen Befreiungsakten in der Natur... ... dem Wald kennen. Den Tag werd ich wohl nie vergessen...

Mein Urschrei war kaum verhallt....

Da stand er! Groß... mächtig... beängstigend!...

O.K. nicht wirklich... denn der Typ lachte... Den einen Fuß hatte er auf eine Wurzel gestemmt... seine Arme lässig auf dem Knie ruhend... grinste er amüsiert zu mir herüber.

Bisher hatte ich nie darüber nachgedacht... das mich jemand beobachten könnte. Es gibt da nämlich gewisse Momente im Leben die man besser für sich behält... und ansonsten lieber streicht besonders die peinlichen... und das war so ein Moment!

Aber dieses Grinsen war so hinterhältig frech... zugleich sympathisch... das ich auch lachen musste. Sein langes schwarzes Haar hatte er zu einem Zopf im Nacken zusammengebunden.

Sehr markante Gesichtszüge die unübersehbar waren. Doch Beeindruckender waren seine Augen... Sie waren so tiefgründig wie der Atlantik... verlockend und doch genauso gefährlich! Auf seine darauffolgende Frage ob ich eine kleine Hexe sei... bin ich erst recht rot geworden... und er fragte nicht weiter... ... VORERST...

Weltoffen- Menschen umgänglich- Massen tauglich... das sind nicht gerade meine Tugenden. Eher misanthropisch angehaucht... fernab der von Zivilisation und Gesellschaft vorgegebenen Schemen lebend... so in etwa...

Ich weiß nicht mehr was genau ich damals sagte... ebenfalls nicht... wie er mich überreden konnte... zu einem kleinen „Treffen!" mit zu gehen. Wie ich schon erwähnte... ich mag keine Massenveranstaltungen... Doch er hatte etwas an sich... etwas zu dem man schlecht nein sagen konnte... ohne es kurze Zeit später zu bereuen... so ablehnend gewesen zu sein!

Aus einem Treffen wurden dann zwei- drei und so weiter.

Ein Jahr lang begleitete ich ihn wohin er ging... war wie ein Schatten der ihm stetig zu folgen hatte. Ich erkannte bald eine Ähnlichkeit in unserer Denkweise... Beide wollten wir das Selbe zumindest schien es am Anfang so. Er führte mich in Bereiche und Kreise ein die mir vorher noch unbekannt waren. Von ihm lernte ich begierig was er wußte... war ein jungfräulicher Schwamm den man in eine Pfütze legte. Ich lernte den Dreck von der reinen Essenz zu trennen... das Irreale vom Wirklichen!

Syrius hatte wahrlich eine beachtliche Gefolgschaft um sich versammelt... Die unterschiedlichsten Naturen... von der Verkäuferin hin zum Banker. Würde man ihnen auf der Straße begegnen... niemand könnte oder würde ahnen... dass der Eine wie Andere gelegentlich des Nachts... den dunklen Mächten huldigte.

Aber genau das war es... was Syrius und seine Gefolgschaft tat.

Um es wörtlich zu sagen... sie beteten den „Teufel" an!!!!!

Nur war es bei ihnen anders als man es sich vielleicht vorstellen könnte.

Es unterschied sich von anderen Gemeinschaften dieser Art dahingehend... daß es nicht so theatralisch Schow überladen war! Etwas Hokuspokus gehörte zwar wohl immer dazu... aber man kann es damit ja auch übertreiben... Und leider tun dies Einige und vergessen über dies... den Blick für das Wesentliche!

Ein Jahr lang schleppte er mich also von einer Lokation zur Nächsten. Nächte lang saßen wir zusammen... besprachen Theorien... werteten alte Überlieferungen aus... Und ein Jahr lang schaffte ich es glorreich... Nicht... in die Reihe seiner „Hexen" aufgenommen zu werden... worauf ich besonders stolz war!

Denn eine von Syrius „Hexen" zu werden bedeutete ihm zu gehören. Also im Grunde so etwas wie ein Harem!

Niemand der nicht arrogant ist hält sich für die Nummer eins und jeder der bei klarem Verstand ist... legt keinen Wert darauf die Nummer 18 zu werden! Nun dies soll an Klischees an dieser Stelle genügen.

So arrangierte ich mich auf andere Weise mit ihm. Trat zwar in gewisser Weise dem Clan bei... ohne aber Sein persönliches Eigentum zu werden! Ich muß dabei zugegebener Weise erwähnen... daß die Versprechen von unaussprechlichen- unsagbar fleischlichen Genüssen... damals schon bei Hellraiser meinen Körper wie Verstand zusammenziehen ließen... Wenn man allein die unterschiedlichen Betrachtungsweisen des Wortes „Genuß" betrachtet!

So sollte man von gewissen Spielen die Finger lassen... wenn man nicht bereit ist... die Konsequenzen in vollem Maße zu tragen! Das ist nicht Feige... sondern rational... in gewisser Weise ehrenvoll und eine Frage des guten Geschmacks sowie einem freien Willen! ...

Zudem lasse ich mich nicht gerne blenden...
Was den anderen Aspekt angeht? ... Sagen wir... ich bin... in gewissen
Dingen eher altmodisch eingestellt!!!
Außerdem habe ich ein hartnäckiges kleines Prinzip.....!
Niemand berührt mich ohne meine Erlaubnis!!!!!

Und dann... Dann kommt eines Tages der Punkt... der Moment wo du erkennst daß du hier nichts mehr lernen kannst. Das alles was jetzt noch
kommt... ein Aufguß vom Aufguß ist... und du die existenzielle Angst in dir
spürst... zu versacken... abzustumpfen.
Die Faszination sich in besserwisserische Arroganz wandelt! ...
Und dann... ...
Kommt der Tag an dem du all dem den Rücken zukehrst...
an dem du verschwindest!!!!!

3x2 und 7...8 ½... aber flott! Die Gäste warten... los! los!!!

Was man damit anfangen soll? Damit kann man ehrlich gesagt gar nichts anfangen!

Es sei denn... man arbeitet als Bedienung in der kleinen Bar von Stian... Dem „Pinnsvin" in der Nähe des Hafens in Bergen... Da hörte man so was fast jeden Tag und so etwas Ähnliches stand über dem Tresen... Allerdings mehr ... in Landessprache.

Ich bin kein Norweger! Und werde es wahrscheinlich auch nie wirklich sein... auch wenn mein Herz mich eines Besseren belehren möchte.

Aber ich blieb... warum ich in Norwegen geblieben bin? ...

Diese Atmosphäre... die Natur die noch so ehrlich ist... die Tatsache das es Flüsse und Bäche gibt aus denen man noch trinken kann ohne Ausschlag zu bekommen... die Luft noch reiner und klarer ist als ... Oh ja viele nette... ehrliche Menschen... Vor allem aber... na ja... das kann wohl nur das Herz des einzelnen beantworten!

Klar hätte ich jeder Zeit zurückgehen können. Aber ich wollte nicht!

Also bin ich geblieben und mein Herz hatte Ruhe. Der Ort wo ich herkomme? Den hab ich vergessen- ausgelöscht... es gibt keine Verbindung mehr zu ihm. Durchgekämpft hatte ich mich wie ein Berserker... gegen Türen gerannt um bestehen zu können! Acht Jahre lang lebte ich nun friedlich und mehr oder weniger zufrieden. Hatte meinen Job als Bedienung und meine 40 qm Dachgeschoß Wohnung. Vergangenheit ist nur noch ein Wort in einem Lexikon. Schlimm ich weiß... wenn man mit allen Wurzeln so

bricht aber... manchmal... sind die Dinge nun mal so wie sie sind!
Und Stian war wie ein Bruder... ein ganz Großer!!! Mit seinen fast 40...
hatte er sich einen soliden anständigen Lebensunterhalt geschaffen.
Hat sich genauso durchbeißen müssen wie andere auch. Reich wird er
dadurch zwar nicht aber er hatte die Basis... die es ihm ermöglichte seine
Frau und die zwei Kinder zu ernähren!

Auch ich bin nun seit geraumer Zeit Teil des Inventars... genauso ver-
schmolzen wie die Bar... mit den kunstvollen Keltischen Schnitzereien...
oder dem abgewetzten Billardtisch in der Ecknische.
Wenn ich eines aus Erfahrung sagen kann dann dieses... daß es keine
Traumjobs gibt. Auch wenn der ein oder andere stetig auf der Jagd danach ist und nicht erkennt das er eigentlich eine Basis hat um Leben zu
können.
Es machte mir Spaß... Ich lernte verschiedene Charaktere kennen... die
einem Abend für Abend ihre Lebensgeschichte samt jeglicher Philosophie
um die Ohren säuselten... wenn man dann erst den Zugang zu ihnen gefunden
hatte.
Eine Bar... ist immer für Alles und Jeden gut... Allerdings wie ich zu-
geben muß... nicht gerade der beste Ort um.... Na ja ewig möchte man ja
auch nicht alleine sein oder? Also war ich allein weil ich noch nicht gefunden hatte was ich suchte... oder nicht annehmen wollte was ich hatte...
Manchmal sind die Nordmänner nämlich komisch... da mutieren sie irgendwie... zu Grendel oder dessen Verwandten...

Da fällt mir das Ding mit der Schaufel und dem Wald ein... denn es heißt doch „Fündig wird sein... der da lang und tief genug gräbt!"

Hin und wieder kam es vor das Stian die Schlussleitung mir überließ. Das hieß so viel wie ich machte sauber und schloss den Laden ab. Das war schon o.k. so. Es gab ja niemanden der auf mich wartete... konnte also ruhig mal später werden was solls!

Ich war gerade dabei den Tresen abzuwischen... die Gläser einzuräumen und.....

Als die Tür aufging und eine schlanke dunkel gekleidete Gestalt herein kam. Eigentlich war ich ganz fest der Überzeugung gewesen... ich hätte schon vor einer Weile zugesperrt....

Als mich die Gestalt mit „Schwester Sky" anredete lief mir ein kalter Schauer über den Rücken. So hatte man mich seit einer sehr langen Zeit nicht mehr genannt. Im Prinzip gab es nur eine Zeit in der man mich so nannte... und dieses Kapitel hatte ich ebenfalls Gedanklich geschlossen.

Die Gestalt kam näher und ich erkannte sie ganz deutlich...

es war Serina!

Eine der Hexen von Syrius!

Sie war... wie ich es von ihr gewohnt war... überheblich!... Und machte sich darüber lustig was aus mir geworden war...

Eine ordinäre Bedienung in einer Kneipe!

Nach weiteren zu erwartenden... folgenden mehr oder weniger höflichen Sticheleien... wurde sie plötzlich ganz still. Sie war doch nicht die... die ich kennen gelernt hatte. Da war etwas in ihrem Ausdruck das Unsicherheit ja man könnte sogar sagen Angst erkennen ließ. Das war mal etwas ganz neues. Gerade sie... die Nummer 1 in der Rangfolge... in diesem Zustand vor mir zu sehen... hatte schon etwas.

Sie legte ihre Hand auf meine und nannte mich erneut „Schwester". Dabei hatte ich nie wirklich dazu gehört. Sie zögerte... nach einigen weiteren belanglosen Ausflüchten kam sie zum Punkt ihres Besuches.
Syrius sei verrückt geworden... sagte sie. Er hätte sich verändert... sei total abgedreht! Sie hätte Angst davor zu sterben und da ich die Einzige wäre über die er nie „Macht" hatte... sollte ich das zu Ende führen... wozu niemand sonst den Mut aufbrachte. Ich konnte nicht glauben was ich hörte... das was sie mir erzählte... ich war fassungslos... denn ich sollte... Syrius töten!!!
Das war es worum sie mich anflehte. Sie wäre die letzte von den 17 die er um sich geschart hatte.
Eigentlich wollte ich sie nach Hause schicken... denn ich glaubte ihr kein Wort.
Wirklich!... Es klang einfach zu abgedreht als das ich dem von ihr Gesagten so bedingungslos Glauben schenken konnte!
Sie hatte meine Zweifel wohl gespürt... da sie unter ihrem Mantel etwas hervorzog und mir entgegen reichte.
„Es kann nicht zerstört werden!" Waren die Worte die sie mir zu hauchte.
Syrius hatte auf der letzten Reise mit mir... etwas... sagen wir „weggefunden"... und jetzt wohl herausbekommen ... wie es zu gebrauchen war!

Dabei sah diese kleine Holzschatulle so harmlos aus... ein Schmuckkäst-
chen könnte man meinen. Allerhand Verzierungen... einige kannte ich...
andere waren fragwürdig. Eine Holzschatulle die keine Öffnung hatte...
und doch gab es da einen Inhalt an den Syrius wollte!
Er wollte ihn mehr als alles andere... und er war bereit....
dafür über Leichen zu gehen! Ich musste ihr Versprechen... das ich sie an
mich nehme und vor Syrius verstecke.
„Es brennt nicht und geht nicht unter... Gewalt kann ihr nichts anhaben!"
Ich hörte diese Worte noch als Serina wieder zur Tür entschwand.
Manche Dinge ändern sich eben nie... so schnell und lautlos wie sie auf-
tauchte... verschwand sie auch wieder.
O.K.... Ich hatte also ein kleines Kästchen aus Holz geerbt dessen Inhalt
wohl niemand wirklich kannte! Hat mir irgendwann jemand den Posten zuge-
teilt Natur Katastrophen zu sammeln?
Ich wollte nicht wirklich darüber nachdenken... vorerst... also machte ich
den Laden dicht.

Zu Hause setzte ich mich hin und betrachtete dieses hölzerne Ding etwas
genauer. Einige der Zeichen kamen mir bekannt vor... im Prinzip die ein-
fachste Darstellung der bekannten vier Elemente... Feuer, Wasser, Erde,
Luft. Dann ein paar alte Beschwörungsformeln die ich von Syrius her
kannte... und ein Auszug aus einer toten Sprache. Alles andere blieben für
mich nur Hieroglyphen... deren Sinn sich mir nicht erschloss.
Serina hatte Recht mit dem was sie sagte... verbrennen war keine Lösung.

Eine halbe Stunde brutzelte das Ding vor sich her... und dabei hatte ich mir solche Mühe gegeben dem Kästchen ein stilvolles kleines Feuerchen zu bereiten. Der Gedanke beschlich mich das ich dieses Kästchen auf keinen Fall behalten wollte. Und die Tatsache das Syrius es „haben" wollte bestärkte mein Bestreben es loswerden zu wollen!

Das Er sich verändern würde war nicht neu für mich... Er war schon immer durchschaubar in seinem Handeln... und sein Wandel wohl eine logische Konsequenz in seinem Leben. Bisher hatte er jedoch natürlich gesetzte Hemmschwellen nicht überschritten... oder deren Schwellenwert auf unnatürliche Art und Weise herabgesetzt! Ja... o.k. wenn man von den gelegentlichen Opferungen mehr oder weniger kleiner Tiere absieht. Ich hatte gehofft ihn davon kuriert zu haben. Offenbar ist er zu größerem übergegangen!

Es hatte mich von jeher gestört... dass die Bedeutung Opfer oder Opferung immer als Tötung eines Lebewesens verstanden... besser gesagt fehl interpretiert wurde.

Dabei handelt es sich bei dem sogenannten Opfer eines Rituals ... oder einer Beschwörung... um das eigene Opfer!!!

Das was man selbst als Ausführender bereit ist zu geben... um dem Ritual die nötige Kraft zu verleihen! Dies kann vieles sein...

In den meisten Fällen jedoch lautet das Zauberwort- Eigenblut... oder Hingabe! Ein Zustand der Ekstase... ein Rauschzustand in der Reinform! Es heißt doch nicht um sonst...

„Wenn du willst das etwas zu deiner vollsten Zufriedenheit erledigt wird..." richtig!...

Mach es selbst... oder ... mach es dir selbst... was bei gewissen Ritualen wohl sinnvoller wäre! Als einem Lamm die Kehle durch zuschneiden!

Das Opfern Anderer... eine perfide Erfindung ahnungsloser Feiglinge... selbst Opfer von Fehldeutungen... die Angst davor haben sich selbst zu piksen!

Syrius hatte Menschen geopfert... eine Grenze die nicht hätte überschritten werden dürfen... Aber wieso tat er es?

17 Menschen tot wegen einer kleinen unscheinbar aussehenden Holzschachtel? Von allen Seiten habe ich sie mir angesehen... mit meiner Leselupe abgesucht... um vielleicht doch den Haarriss dünnen Spalt zu entdecken... hinter dem sich eine Öffnung verbergen könnte.

Meine Finger tasteten an den Verzierungen entlang... fast wie... ein streicheln über tätowierte Haut! Man verliert sich in dem was man sieht und versucht durch das Berühren... den Sinn zu erspüren... Kindliche Naivität...

Sie waren so kunstvoll... es ergriff mich eine Lust zugleich Faszination alles noch genauer zu betrachten... diese Lust schien mich mitzureißen!

Ich bemerkte es zunächst gar nicht... aber das Holz des Kästchen war ganz mit Blut vollgeschmiert... überall dort... wo meine linke Hand es berührte. Ein Schnitt verlief quer über die obere Hälfte meiner Handfläche. Gemerkt hatte ich nichts... nichts gespürt...

Die Kannten waren eigentlich nicht so scharf das ich mich hätte an ihnen schneiden können... Meine Hand konnte ich abwaschen und verbinden... nur leider ließ sich das Blut von dem Kästchen nicht mehr abwaschen!

Ich dachte mit einem Grinsen daran... wie außergewöhnlich es war mal so was Mysteriöses in den Händen zu halten ... und dann ist man eine Frau die alles versaut! Tja was sollte alle Grübelei... Syrius drehte mir so oder so den Hals um wenn er erfuhr... das ich jetzt im Besitz „seines" Besitzes war! Ich hätte mich trotzdem treten können!!! Und so legte ich es erst einmal zur Seite und lenkte mich ab...

Von meinem Schlafzimmerfenster aus hatte ich eine phantastische Sicht auf Bergens Umgebung. Die kleinen engen schmalen Gassen... mit dem Kopfsteinpflaster... die liebevoll restaurierten Häuser... mit den bunten Holzfassaden. Die ganze Atmosphäre... alles was man einsog war einzigartig und erfüllt von einer unbeschreiblichen Eigenständigkeit. Alles lag im nächtlichen Dunkel vor mir. Den Hafen selbst konnte ich auch bei Tag nicht mehr von mir aus erkennen...

Aber wenn der Wind sich drehte roch es nach Kabeljau... Lachs und anderem Fisch der schon in der Früh auf dem Markt angeboten wurde. Frischer ginge es nicht mehr... denn gefangen wurde alles in der Nacht. Meine Wohnung... trotz ihrer Aussicht war nicht das was ich mir erträumte... aber das was ich bezahlen konnte! So sehr Stian mich auch zu schätzen wusste... mehr zahlen konnte er mir leider nicht... war auch nicht schlimm... war o.k. so.

Alleine brauchte ich ja nicht übermäßig viel. Und das bißchen das ich er-
übrigen konnte... legte ich auf die Seite. Und dann in 30 oder 40 Jahren
habe ich ein Fleckchen im Grünen... ein kleines Holzhaus umgeben von majestätischen Wäldern... Dann bin ich nur leider alt und schrumpelig... kann
kaum noch laufen geschweige denn...

Aber wo ein Wille ist...

Das Knacken war so deutlich... das ich zusammenzuckte! Das Kästchen das
ich auf meinem kleinen Schreibtisch am Schlafzimmerfenster abgelegt hatte... ...

Aber es ergab keinen Sinn... An der Vorderseite war jetzt ganz deutlich
ein Spalt zu erkennen... nein an drei Seiten... Es gab also doch einen De-
ckel!

Ich bin... nicht neugierig!!!!!

Wie eine Beschwörung an meine Vernunft sagte ich diese Worte vor mich
her... während ich fast eine Stunde lang im Zimmer auf und ab lief. Zwei-
mal hatte ich mir ein Glas nachgeschenkt... so rumorte es in mir... wenn
ich mich so energisch- kontinuierlich an einem achtzehn Jahre alten schottischen Whisky vergriff... Was ich sonst nur zu besonderen Anlässen
tat... Immerhin kostete eine Flasche davon ein kleines Vermögen!

Ich hatte wohl im Laufe der Zeit zu viele Filme gesehen und wollte nicht
wissen wie das Ende von diesem war... Vielleicht lag es auch daran das ich
den Regisseur nicht mochte... geschweige denn kannte. Aber mal ehrlich
wer mochte schon jemanden der unklare Anweisungen gab!

Ich wollte es nicht wissen... redete auf dieses kleine Holz Ding ein... daß es keine Macht über mich besäße. Denn ich hielt mich für stärker... Ich konnte ihm wieder stehen... wollte ganz einfach nur noch meine Ruhe und den wirren Abend vergessen!

Ich hatte bereits die ein oder andere sonderbar mysteriöse Begegnung-Erfahrung... wie auch immer... in meinem Leben gehabt. Und jedes Mal war ich danach so nervös...ängstlich aus der Ehrfurcht heraus... vor Dingen die sich dem logischen Denken entzogen.

Dinge auf die man keine Erklärung wußte...

So wie der Tatsache... das dieses Holzkästchen mich irgendwie in seinen Bann zog! Und ich beschloß darauf im Wohnzimmer zu schlafen!

Irgendjemand hatte in meiner Kindheit nach einem ebenso schauerlichen Moment zu mir gesagt... ich sollte ein großes C von außen an die Türen malen... das würde böse Geister abwehren.

Keine Ahnung ob es wirklich stimmte... aber damals hatte es funktioniert... Jedenfalls war ich nicht mehr schreiend in der Nacht aufgewacht! Niemand saß mehr am Fußende meines Bettes... und war doch nicht zu sehen. Keine Akte X mehr in der Nacht. Erstaunlich was der Glaube des Menschen alles bewirken konnte!

Was damals also in der Art funktionierte klappte vielleicht auch dieses Mal. So malte ich brav an jede Tür... vom Wohnzimmer aus abgewandt... was nicht schwer fiel denn so viele Türen gab es in der Wohnung nicht... ein großes C mit dem erstbesten Stift den ich finden konnte.... Die zum Schlafzimmer... zum Flur... und die zum Bad... das war es dann auch schon!... Einem ruhigen Schlaf stand damit nichts mehr im Wege...

Traumdeutung

An manche Dinge die man träumte... kann man sich später nach dem Auf-
wachen nicht mehr erinnern. Andere blieben so im Unterbewusstsein haften... dass sie einen quälten... keine Ruhe ließen bis man nachgab und ihnen
Gehör und Beachtung schenkte.

Dann gibt es noch die Art von Träumen die man leider nicht vergessen
kann... die immer wiederkehren... einen sogar körperlich verletzten. Und
zuletzt gibt es noch die wenigen... die so real wirken... das man glaubt sie
tatsächlich erlebt zu haben... als wäre man wach gewesen.

So einen Cocktail von allem hatte ich in jener Nacht gehabt.

Die Kaffeetasse in meiner Hand zitterte... fest umschlungen hielt ich
sie... nur spürte ich den heißen Kaffee nicht. Sonst hielt ich die Tasse
immer am Henkel nie mit meinen Handflächen... Für gewöhnlich tat ich
auch Unmengen an Milch und Zucker hinein. Der in meiner Tasse jedoch
war schwarz wie Lakritze... Das brauchte ich aber auch... der Ekel trieb
die Brühe runter. Ich vermied auch jeden weiteren Blick in Gegenstände
die mein Spiegelbild zeigten... den ersten Anblick musste ich erst einmal
verdauen.

Vor einiger Zeit hatte ich mal ein Buch über Autosuggestion gelesen und
dem Zusammenhang mit „lebhaften Träumen". Nur das was sich mir bot
sprengte so ziemlich jeden bekannten Rahmen.

Ich nippte an der schwarzen Brühe und versuchte an die vergangene Nacht und somit meinem Traum zu denken.

Mein Trick mit dem C hatte nicht funktioniert! Auch nicht das ich der Quelle des Übels aus dem Weg gehen wollte und im Wohnzimmer schlief. Nach einer Flasche Wodka wäre alles plausibler gewesen... nur so viel hatte ich nicht getrunken... Ich kenne meine Grenzen und die überschreite ich nicht!

Jeder Knochen in meinem Körper tat weh... als wäre ich mehrere Male eine Klippe hinunter gerollt! Mein Hals war rau... kratzte und brannte wie Feuer.

Meine Augen hatten laut meinem ersten Blick in der Gläsernen Küchenvitrine doch tatsächlich ein kleidsames schwarz- rot angenommen. Wie soll man das erklären... es waren nicht meine! Irgendwie... dunkles... schwarzes rot... und ich wusste nicht woher es kam.

Ach ja... und da gab es noch etwas anderes... das mir Sorge machte... meine all monatliche Plage hatte ich erst vor kurzem... Sorry! ... aber da war nun mal jede... Menge... Blut!

Das Paradoxe an all diesen Dingen war jedoch das ich mich gleichzeitig so Energie geladen fühlte. Ich dachte an die Schmerzen meiner Glieder... gleichzeitig wollte ich los rennen und Bäume ausreißen... So kraftvoll und aufgedreht war ich schon seit Ewigkeiten nicht mehr! Wenn ich mich nur erinnern könnte... aber wollte ich das? Ironischerweise würde ich es in Erfahrung bringen müssen wenn ich den ganzen Zusammenhang verstehen wollte!

Und angefangen hatte alles mit diesem Holzkästchen... und das befand sich im Schlafzimmer. Trotz des Zustandes in dem ich mich naturgemäß befinden müßte... bewegte ich mich mit einer Leichtigkeit durch den Raum... zur Schlafzimmertür... die ich fürsorglich am Abend zuvor noch abgeschlossen hatte...

Was ich sonst nie tat... ehrlich... ich meine wer klaut mich denn schon? Die eigentlich auch abgeschlossen sein sollte! Aber sie war es nicht! Sonst gab es weiter nichts Ungewöhnliches. Alles wie immer... mehr oder weniger mein persönliches Chaos.

Das Holzkästchen lag auch noch auf dem Tisch wo ich es hingelegt hatte... und... war geschlossen!

In solchen Momenten... fallen einem Sätze ein wie „Scheiß drauf" oder „Ist mir doch egal was hier los ist" Aber meine Hände griffen nach diesem kleinen Ding... und wie zu einer bösen Ahnung passend ließ es sich diesmal erstaunlich leicht öffnen. Alles was ich sah war eine leere Schachtel aus Holz. Der innere Boden sowie die Seitenteile hatten Inschriften... so was wie kleine Verse die in einer Art Keilschrift verfasst worden waren. Kein Inhalt... keine Emotionen dem gegenüber.

Eine Leere breitete sich in mir aus... Am Abend zuvor war alles noch so anders gewesen...

Die vergangene Nacht war in Gedanken nebliger als alles was ich bisher erlebte... auch wenn ich mich nicht daran erinnern konnte...?! Und dann... war es nur ein leeres Kästchen?

Ein Stechen und Ziehen in meinem Unterleib riß mich aus diesen Gedanken... holte mich in ein Hier und Jetzt das ich nicht kontrollieren konnte. Meine Knie brachen zusammen... ließen mich niedersinken... kriechend bewegte ich mich auf dem Boden vorwärts. Es gab kein Ziel... ich wollte nur nicht so liegen bleiben.

Wie lange diese Tortur dauerte... ich weiß es nicht mehr. Man kommt in solchen Momenten selten dazu auf eine Uhr zu sehen. Aber war dies denn wichtig?

Zeit bedeutet Grenzen... aber für das was ich erlebte... war ein Begriff wie Grenzen nur eine lächerliche Phrase... aneinandergereihte Buchstaben... ohne Bedeutung! So stark wie mein Geist mir weismachen wollte war ich wohl doch nicht! Denn ich heulte wie ein Schlosshund... wie etwas das man lang und ausgiebig gequält hatte. Sie hörten nicht auf die Schmerzen in meinem Unterleib...

Ich wollte das sie aufhörten... ich wollte mir etwas Warmes um den Leib schlingen... besser noch ... meinen Oberkörper vom unteren Teil trennen! Ihn eine Zeitlang beiseite stellen... so lange... bis sich alles wieder normalisiert hatte. Ich versuchte mich ins Badezimmer zu kämpfen... Wasser einzulassen...

Damals als ich die Wohnung bezog wollte der Vermieter vorher noch das Bad herrichten... um eine herkömmliche Wanne einzubauen. Ich bin froh ihm das ausgeredet zu haben. Der Einstieg wäre mühsamer gewesen... als das jetzige bloße herablassen. Im Boden war ein Wannengroßes mit grünen Fliesen ausgekleidetes Loch. Irgendjemand fand das wohl vor Jahren mal irre witzig... mir kam es jetzt sehr recht... War wie ein Segen. Ich ersparte mir die Mühe mich auszuziehen... Noch während das Wasser einlief... ließ ich mich einfach hinein gleiten. Es war kochend heiß...Doch ich empfand es als angenehm warm... auch als meine Haut sich bereits rot färbte und der Dampf keine Sicht mehr freigab.

Das war genau das was ich brauchte... es fühlte sich so gut an... vor allem aber linderte es die Schmerzen...! Ich schloß meine Augen und versuchte Ruhe in mich hinein zu bringen...

Langsam... und tief holte ich Luft... atmete intensiv ein und aus... Meine Gedanken lösten sich vom übrigen Körper... ich merkte noch wie mir schwindlig wurde...

Man sollte in gewissen Zuständen... nicht immer unbedingt notwendiger Weise das tun was man für richtig befindet... vor allem nicht wenn man alleine war!

Wie in einer Trance... glitt mein Körper unter die Wasseroberfläche. Meine Haare tänzelten wenige Zentimeter über mir... wie eine Wand aus Algen wiegten sie sich hin und her. Ein weiterer Krampf zog durch meinen Körper... und... reflexartig öffnete sich mein Mund...

Das Wasser das ich schluckte brannte in meiner Kehle... ich wollte hoch mich aufrichten... doch etwas hielt mich zurück. Es gab keinen spürbaren Unterschied zwischen dem Boden der Wanne und meinem Rücken... sie waren eins!

Ich hatte Angst... so wollte ich ganz bestimmt nicht verrecken. Ertrunken in der Badewanne... ein tragischer Unfall...blah... blah... die Schlagzeile hatte ich deutlich vor Augen. Was auch immer mit mir geschah... ich war noch nicht bereit zu sterben!!!

Ein heftiger Ruck brachte mich aus dem heißen Sud. Ausgelaugt... ausgekocht... entkräftet. Damit dieses Erlebnis keine Fortsetzung fand... galt meine letzte Mobilisierung der Flucht zurück auf den kühlen Fliesenboden. So hatte ich noch nie gekämpft... es war so unwirklich... das ich das tatsächlich erlebte? ... Kneifen um zu erwachen... oder nicht?
Dann sah ich etwas... das einen ekelerregenden Schauer auf mich niederknüppeln ließ...

Man kommt ja nicht immer dazu alles so einzuräumen oder aufzuhängen wie man es will. Seit einem Monat stand mein neuer Spiegel halb eingepackt an die hintere Wand des Bades gelehnt... und gab ein unscharfes Bild von dem wieder was ich wohl darstellen sollte!
Mit meinem rechten Fuß wischte ich über den zu gedampften Spiegel.
Das Oberteil meines Schlafanzuges war im Bauchbereich triefend von Blut und klebte an meinem Körper. Doch darunter kam etwas zum Vorschein das einem erst einmal jeglichen Glauben rauben kann. Etwas das aus medizinischer Sicht nicht existent sein dürfte! ...
An Stelle meines Bauchnabels... den ich ganz sicher hatte war eine Art Wucherung oder Geschwulst entstanden!

Meine Hände sind nicht sonderlich groß... Aber so ein Ding in der Größe einer Hand konnte schon richtig Scheiße und beängstigend aussehen! Das klingt vielleicht abgedreht... aber dieses Ding das wie narkotisierendes Fleisch schrumpelig und faltig war... wuchs nicht aus meinem Inneren nach außen... es war eher in mich hineingeschlüpft... auf unorthodoxe Weise!!!!! Das es in diesem Moment über mich kam wie ein Regenschauer... war vielleicht nur die Reaktion meines Unterbewusstseins... das auch wenn es einem selbst nicht bewusst war... weiter arbeitete. Wenn man nun versuchte die Verarbeitung zu untersagen könnte dies irreparable Schäden zu Folge haben ... Also ließ ich der wieder kehrenden Erinnerung freien Lauf...

Ich war in der Nacht doch... aufgestanden... Jedenfalls sah ich mich zur Tür des Schlafzimmers gehen... ich schloss sie auf und ging geradewegs auf den Schreibtisch zu... diese Holzschatulle zog mich an... sie ... rief nach mir...

„Du hast keine Macht über mich!" Die magische Formel hörte ich mich vergebens sagen...

Wie zu einer Säule erstarrt blickte ich auf den Inhalt... den ich eigentlich nicht sehen wollte... und doch galt all mein Streben nur diesem einen Ziel... ... ... Es war ekelerregend...! Ein Fetzen Fleisch...! Da lag ein Fetzen Fleisch! ...

Ich meine wer erwartete so etwas in einer Holzschachtel. Handflächen groß... nekrotisierte Haut... und blutig! Als es sich öffnete übergab ich mich...

Es hatte sich geöffnet und starrte mich an... so was denkt man sich nicht

aus … das Ding da in der Schachtel war ein Teil von einem Gesicht…
oder so… Der Teil an dem das Auge hing… und das… das so sah so gar
nicht gesund aus! … Es hing ja auch nicht mehr am restlichen Körper…
Dann stellte sich allerdings die berechtigte Frage… warum sich das Ding
bewegen konnte… in diesem Zustand! Und damit zog sich der Vorhang auch
schon wieder zu. Ende der Vorstellung!

Ich war in meinem Leben noch nie so unbefriedigt aus einer Erfahrung gegangen… diese Stückelung der Wiedergabe war grauenhaft!

Man stelle sich vor… in den Händen hält man ein Album von einer richtig
guten alten Band. Eine Schallplatte… ein echter Klassiker! Etwas das
man von vielen „Künstlern" nur noch sehr selten oder gar nicht mehr be-
kommt. Und Du… hast es! … Weist den Wert zu schätzen und dann…
Verstehst du nichts! … Weil die Platte vollkommen zerkratzt ist! Die
Nadel schleift nur apathisch zwischen den Rillen umher… und läßt ein
paar Fetzen Melodie hindurch. Nur ein monotones Bruchstück des Ganzen… So fühlte ich mich. Aber das reichte mir natürlich nicht! Da war
ein "Auge" an meinem Bauch… es gehörte nicht dorthin… Auch konnte ich
mich beim besten Willen nicht daran erinnern darum gebettelt zu haben… in
diesem Alptraum auf zu wachen. Ich konnte nicht einmal jemandem zeigen
was passiert war… geschweige denn erzählen! Wie kam das Ding aus der
Schachtel an meinen Bauch… und warum bewegte es sich?

Ich rutschte näher an den Spiegel heran… eigentlich wollte ich ja nicht
mehr hinsehen… aber… vorsichtig hob ich erneut den Rand meines Schlafanzuges noch etwas weiter an.

Alles war blutig und klebte... meine Haut... mein Oberteil... das Ding war unübersehbar! Dieses schwarze Ding das wie ein Parasit auf mir haftete... irgendwie mit mir verwachsen war. Mit einem Anflug von Ekel sah ich es an... im weitesten Sinne glich es einer übergroßen getrockneten Pflaume. Vorsichtig... zaghaft und scheu fuhren meine Finger über dessen Furchen und Rillen. Es fühlte sich warm und weich an.

Der Rand an dem mein Fleisch der Bauchdecke... mit dem dieses dunklen Fleisches aufeinander traf war stark gerötet... Es nässte und juckte fürchterlich. Als ob es nicht noch schlimmer kommen könnte... ließ es sich auch nicht entfernen! Alles zupfen und pulen brachte nichts! Dann ertappte ich mich dabei... wie ich begann damit zu spielen. Meine Finger glitten um den juckenden Rand herum... erst langsam dann immer schneller wurden meine Bewegungen. Das linderte den Reiz zu kratzen... ich blutete eh schon genug.

Ich machte mir auch noch Gedanken wie viel ich wohl schon von meinem Allerheiligsten verloren hatte. 5-6 Liter standen ja zur Verfügung. Und dieses kontinuierliche Reiben auf meiner Bauchdecke stimulierte mich... es fühlte sich auf einmal nicht mehr so befremdet an. Nein es erregte mich auf eine seltsame Art und Weise. Ich ließ mich nach hinten zu Boden sinken... er war kühl und glatt. Ich konnte einfach nicht aufhören... daran zu denken!

Irgendjemand hatte mal behauptet... das der Bauch- bzw. gerade der Bauchnabel Bereich... das Energie reichste Zentrum am menschlichen Organismus darstellt. Etwas Urnaturelles das man nicht leugnen konnte...

Zugleich jedoch auch aus dem alten Erbe heraus... eine Art erotischen Altar darstellte... zum anbeten und verehren! Jeder ist sein eigener Tempel... und gestaltet den Altar nach seinem eigenen Gedenken. Mein Tempel war seit Ewigkeiten eingestaubt... niemand kam und bestaunte seine Schönheit... seine Einzigartigkeit.

Bin ich nicht auch aus Fleisch und Blut... atme und empfinde? Auch ich habe Bedürfnisse die gestillt werden wollen! Es war Ewigkeiten her da mich zwei Hände packten... über meine Haut hinweg strichen... eine Zunge mir zeigte was schweigen heißt. Lange war es her da mich ein Trommelwirbel zuckend in die Knie gehen ließ. Was ich tat war kein Ersatz.. es half nur meiner Seele... und es fühlte sich so unglaublich gut an...! Ich spürte diese steife Einsamkeit die sich Stück für Stück in mich bohrte... mich zwar befriedigte aber nicht glücklich machte!

Es fehlte dieses Kribbeln das einen verrückt werden ließ... ich war ein Auto ohne Getriebe... das nur durch einen magischen Moment zum Leben erweckt wurde!

Ob ich mich beim niedersinken auf den Boden am Kopf verletzt hatte...
Vielleicht spielten mir auch Wahrnehmung und Geilheit einen Streich. Mein
Badezimmer jedenfalls glich auf einmal einer kargen Wüstenlandschaft oder
so etwas ähnlichem. Es war heiß aber nicht hell... ein ultimatives Gemisch
aller rot- orange und gelb Töne die man mischen konnte... einfach ein irrer
Anblick. Der heiße Sand rann durch meine Finger... meine Haare wehten
im leichten Wind über dem Boden und paarten sich ineinander... wurden
begraben von Millionen kleiner Sandkörnchen...
Ich begriff plötzlich... Es war ganz klar vor mir oder nicht?
Die Geschichten und Legenden die man sich erzählte... die irgendjemand mal
vor Jahrhunderten für die Nachwelt erhalten hatte... War es das?
Hatte ich Jenes von so vielen Menschen begehrte Stück Mythologie in
meinem Besitz?
Sehen was vergangen war... Sehen was gegenwärtig ist!!!!!

Syrius hatte diesen Satz als Leitmotto seines eigenen Feldzuges... gegen den ihm verhaßten Weltanblick gewählt! Für ihn waren Vergangenheit und Gegenwart die wichtigsten Lehrer! Dies stellte nicht den alleinigen Punkt unserer gedanklichen Übereinstimmung dar... aber es war der grundlegendste Ansatz!

Die Vergangenheit hatte die Vorarbeit geleistet... und die Gegenwart zeigte uns inwieweit wir Altes... Bestehendes übernehmen oder ausbauen könnten! ...

Die Zukunft war nie ein Thema. Denn wir gestalten sie selbst... durch unsere eigenen Impulse und Wirken in dieser Welt!

Niemand kann wissen was in einem anderen vor sich geht... was er denkt... wie er empfindet... Das ist etwas so persönliches... das es schwerfällt dies einem anderen mitzuteilen. Wenn man dazu also nicht im Stande war konnte man nicht voraussehen... was in eines anderen Wesens Zukunft geschah... oder der eigenen... nicht wirklich...

Jedes Wesen hat eine eigene Lebensweise oder auch Philosophie wenn man vom Menschen ausging. Da war es schwer die Lebensart eines anderen zu begreifen wenn man nicht annähernd verstand!!!

Ich... habe Syrius seine nie verstanden... habe aber im Laufe der Zeit gelernt sie zu respektieren!

Respekt...Ehre... Worttreue...

Große Worte einer vergangenen Zeit! Spiegelte mir das meine Wahrnehmung vor? ... Ein Gaukelspiel alter Tage?

Es keimte ein Wunsch in mir... vielmehr ein Verlangen! Alles woran ich denken konnte... was jede einzelne Faser meines Körpers ausfüllte.....
Wenn dies... was an mir haftete reell war... wenn es ein Stück von einem Ganzen war... dann wollte ich das Ganze auch sehen... Ja!... Ich wollte sehen um zu verstehen!

Wenn ich nun sage das in jenem Augenblick etwas über mich kam... das sich so anfühlte... als würde ich durch ein Gestrüpp elektrischer Koppelzäune laufen... nur etwas intensiver... heftiger in seiner Wirkung... dann

... ...

Ein Trommelwirbel an Energiewellen warf mich zu Boden... Mein Gehirn schien von den sich ausdehnenden... pulsierenden Blutgefäßen gequetscht zu werden... Es hämmerte wie das Konzert einer Metall Band... Nur das diese Jungs auch irgendwann wieder aufhörten!!!!!...

... Dann so schwöre ich... sind meine Worte keine Lüge!!!!!

Geblutet habe ich... hatte unerträgliche Schmerzen die nicht aufhören wollten... Wurde von Gewalten hin und her gerissen die ich nicht sehen konnte... hatte zeitweise keine Gewalt über meinen Körper... war bewusstlos... und fast in meiner Badewanne ertrunken... Zu guter Letzt auch noch innerlich gegrillt! Doch das Schlimmste war jedoch das ich noch immer nicht wußte warum!!!

Ich lag in meinem Bad auf dem Fußboden... War vielleicht alles nur eine dieser Bewußtseinsstörungen... Halluzinationen von denen man mir bei Verkündung meines Sklaven Urteiles und dem gleichzeitigem Überreichen der nötigen ... notwendigen Utensilien berichtete... die sich in einer kleinen

Metallbox stapelten? Bunt schillernd wie ein Regenbogen... Der Gesellschaft heuchlerische Waffe zur Assimilation! Wißt ihr was... ich habe
keine Ahnung...!
Mein Fleischlicher Mitesser jedenfalls war noch da!
Fleischlicher Mitesser... oder auch etwas Schlimmeres...!

Serina hatte mit Sicherheit nicht ohne Grund diesen Verrat an Syrius
begangen! Wir haben uns nie verstanden. Denn das was jede Einzelne von
uns wollte lag zu weit auseinander! Und dennoch... vertraute sie mir jetzt.
Ich fragte mich wer wohl freiwillig in den sicheren Tod ging... wenn er
bzw. sie sich ihrer Sache nicht sicher war... nicht überzeugt davon war
das Richtige zu tun?!!!!! Arme Serina!
Arme Serina? Pah...tausend Gründe hätte ich diese Frau zu hassen! ...
Sie ließ mich damals durch die Hölle gehen... aus dem primitivsten Grund
den man erfinden konnte...
Eifersucht!
Sie konnte es nicht verkraften... das Syrius meine Gesellschaft mehr
genoß als ihre! Aber das waren keine ausreichenden Gründe um jemandem
den Tod zu wünschen!
Jedoch lag es nicht in meiner Hand dies zu verhindern... Zudem... war sie
bereits tot als sie mich aufsuchte...
Sie wußte nur noch nicht wann sie stirbt!
Es hatte also keinen Zweck sie retten zu wollen... Ich mußte jetzt an mich
denken... und durfte mich leider nicht darauf verlassen das Serina lautlos

aus dieser Welt ging...

Eine mehr als utopische Vorstellung! Sirius hatte mit Sicherheit schon seine Schakale los geschickt um sie wieder einzufangen...

um sein „Eigentum" zurückzubekommen!

Auch wenn sie die Schatulle nicht mehr bei sich trug... so hatte sie doch spätestens nach seinem Folter Martyrium... gewimmert wo sie sich befand. Und das ... wäre nicht gut für mich... Tödlich um es auf den Punkt zu bringen!

Aber etwas Zeit hatte ich noch... gerade so viel um nicht ganz unvorbereitet in die Schlacht zu ziehen... und... um die Hilfe eines alten Freundes zu bitten...

Der Schamane

Kapitel 1 der taktischen Kriegsführung besagte nie dem Feind direkt in die Arme zu laufen! Erst mußte ich wissen was mit mir geschehen war... mußte meinen Zustand begreifen!

Vor Jahren als ich mich entschlossen hatte dem wahren Sein hinterher zu jagen... hätte mich diese Suche fast mein Leben gekostet! Oh ja... Übermut tut selten gut! Sich alleine auf die Suche zu begeben war nicht wirklich schlimm... ist in vielen Fällen sogar sehr sinnvoll...

Ich wollte einfach nur raus aus dem Trott und weg... etwas Reales einatmen... etwas Wirkliches unter meinen Füßen spüren! ... Tja... und dann... lernte ich den Big Boss kennen!

Majestätisch ragten seine Kinder vor mir empor.

Wenn du einmal einsam und verloren im Wald stehst... ohne zu wissen wo du genau bist... dann beginnst du zu begreifen... das es immer noch Jemanden gibt... der dich was lehren kann! Und man erkennt das man selbst nur ein Niemand ist der so hilflos wie eine Nacktschnecke durchs Leben kriecht! Natürlich hatte ich mich verlaufen in den endlosen tiefen nordischen Wäldern! Das bisschen „Pathfinder" Orientierungswissen half mir leider auch nicht viel weiter... wenn man in Gegenden herum stapfte... die man besser nicht betreten hätte ohne sich vorher etwas zu informieren! Zu alte Gesetze!

Im Grunde... der schönste Flecken Natur den man sich vorstellen konnte
... seit Ewigkeiten von keinem Menschen mehr betreten... so wirkte es!
Ich kann mich leider nicht mehr daran erinnern was ich falsch gemacht
hatte...
Nasses Moos oder unzureichender Haltepunkt? Jedenfalls kam ich in einer
Position wieder zu mir... die mir eine ganz neue Sichtweise auf das Land
eröffnete.
Mein Fuß hatte sich in einer Wurzel verheddert... die halbherzig aus dem
Boden ragte. Das war alles was mich hielt... über dem Abgrund!
Einfach so im Wald... so eine fiese Wand hinzustellen war doch gemein!
Um dich herum alles grün... halbwegs eben... plötzlich rutschst du einen
kleinen Hügel entlang und dann geht es nur noch steil hinunter! Selbst
Schuld... kann man da nur sagen.
Half mir aber nichts... so wie ich da hing! Ich hatte es ehrlich ver-
sucht... habe all meine Kräfte gesammelt... ruhig ein und aus geatmet.
Das Aufrichten oder Drehen war erstaunlicher Weise nicht wirklich das
Problem. Das hätte ich hundertmal tun können... Wenn du aber keine an-
dere Möglichkeit für einen sicheren Halt hast... ist das nur eine unsinnige
Verschwendung von Energie!
Ich haßte mich dafür... das ich immer auf so spontane Wahnsinns Ideen
kam...
Und ich haßte meine Situation in die mich dieser Wahnsinn brachte!

Kleiner Tipp für Waldläufer: Nimm immer ein Seil mit! ... Du weißt nie
wozu das mal gut sein könnte!

Mit einem Seil hätte ich versuchen können eine Schlinge um eine der grö-
beren Wurzeln zu legen um mich daran hochziehen zu können... hätte! ...
Meine Position wie gesagt war nicht sonderlich bequem und zudem nachtei-
lig... da ich des Öfteren völlig mit dem Kopf nach unten hing! Und das
war auch alles was ich wahrnahm als mir wieder die Augen zu vielen...

Das erste was ich sah als ich wieder zu mir kam... waren erneut Wurzeln!
Nur hingen diese wie zum Trocknen von einer Art Decke herab. Und ich
lag zu meiner Verwunderung in einem Bett. Nein das wäre übertrieben...
eher eine grobe Zusammenstellung aus verschiedenen Hölzern... gefüllt mit
Heu... Abgedeckt mit einer Unmenge an Fellen unterschiedlichster Art.
Ebenso der Rest der „Einrichtung" sehr... Natur elementar... aufs we-
sentlichste beschränkt könnte man sagen.
Von dem was ich sah fühlte ich mich ins Mittelalter zurückversetzt...
oder noch weiter zurück.
Meine Augen gewöhnten sich relativ gut an die spärlichen Lichtverhältnis-
se. Und so wurde aus der geglaubten Decke über mir... der Wurzelbe-
reich eines Baumes oder Strauchwerkes. Die Wände sahen nach Stein
aus... da war ich mir aber nicht sicher. Und es gab einen Gang der hinaus
führte... durch eine Vielzahl Stämme gestützt.

Dort wo ich mich befand gab es nichts weiter nur diese eine Lagerstätte und eine stark verwitterte Holztruhe. Der Gang führte mich in eine weitere Kammer- Wohnhöhle. Ich hatte so etwas noch nie zu vor in Natura gesehen... so etwas kannte ich nur aus Geschichtsbüchern oder Archäologischen Berichten!

So wie es aussah wurde dort wohl gegessen... die Küche sozusagen. Und wieder nur dieser eine Gang der mich in eine weitere Höhle führte. Sie war sehr groß... eine sandige sonst leere Vorhalle- Höhle. Von da aus gab es noch vier weitere Tunnelgänge die sonst wo hinführen konnten. Ich wollte nicht weiter gehen... ich wollte nicht einmal von dort weg!

Es gab keinen Grund für mich anzunehmen... dass ich in Gefahr wäre. Immerhin hatte sich meine Situation seit der Letzten... doch erheblich verbessert!

Wer immer mich hierher gebracht hatte... hegte wohl nicht die Absicht mir zu schaden...!? Gewisse Dinge im Leben tut man einfach weil es sich so gehört... andere unterließ man besser!

Wenn dir jemand im Wald das Leben rettet... dann sollte man so viel Ehrerbietung aufbringen und sich bei seinem Retter bedanken! Von diesem war jedoch weit und breit nichts zu sehen. Auch wußte ich nicht was mich in Anbetracht dieser Wohnhöhle erwartete. Aber ich wollte schon allein der Höflichkeit wegen warten!

All meine Erwartungen wurden dann tatsächlich... nach einer geraumen Zeit von allem übertroffen was man sich hätte ausmahlen oder vorstellen können!

Eine große imposante Gestalt stand vor mir. Langes lockiges teils strähniges Haar hing seitlich an den breiten Schultern herunter. Das Gesicht war fast vollständig von einem üppigen Bartwuchs zu gewuchert. Das Alter meines Gegenübers konnte ich so unmöglich einschätzen. Von Anfang vierzig bis an die hundert war alles möglich! Und... er trug zwei tote Kaninchen über der einen Schulter.

Angst machte mir diese Erscheinung nicht ehrlich gesagt! Er hatte mich doch gerettet... Sollte man die Hand fürchten die einem gereicht wird? Seinen Retter fürchten?

Ja mag sein das einem Anderen das Erscheinungsbild grotesk vorgekommen wäre aber...

He ich selbst befand mich gerade auf einem Selbstfindungstripp... vielleicht hatte mein Gegenüber das schon seit Jahren hinter sich!

Der Mensch jedenfalls der mir gegenüberstand... lebte in einer anderen Welt... ... ... einfacher. Man sollte nicht nach Begriffen wie primitiv oder schlimmeren suchen! Wenn man vom eigenem Lebensstil ausgeht... der Komfort und die Konsumvielfalt die man genießt... Da vergißt man allzu gerne und schnell... das... das Leben an sich... eigentlich nicht aus diesem ganzen Kram besteht! Das Leben an sich ist einfacher... dazu braucht man nicht viel... Durchsetzungsvermögen... ein Dach über dem Kopf... etwas zu Essen... Kleidung... eben das Existenzielle!

Wo man es letzten Endes lebt... das Leben ist jedem Wesen doch selbst bestimmt oder? Also wer das jetzt für primitiv hält... sollte einen langen... langen Spaziergang durch den nächsten Wald tätigen und sehr... sehr gründlich über seine Einstellung zum Leben nachdenken!

Mein... größtes Problem bestand darin... das ich nicht so recht wußte... ob mich mein Gegenüber verstehen konnte...
Doch wir konnten es...! Er sprach zwar in einem Dialekt den ich bis zu diesem Zeitpunkt noch nie gehört hatte... Ansonsten kam doch recht schnell eine informative Unterhaltung zustande. Mein „do it yourself" Norwegisch bekam ein „Upgrade"!
Während er die Kaninchen häutete...ausnahm... und ich ihm dabei voller Bewunderung zusah... Erzählte er mir wie er mich gefunden hatte und hier her brachte. Ich bekam meine Chance mich für meine Rettung zu bedanken und schließlich endete alles beim Essen... Kaninchen aufgespießt über offenem Feuer.
Es war eine herrliche Spät Sommernacht! Ich kann mich noch genau an die exakte Form des Mondes erinnern... welches Sternbild über uns am Himmel stand. Er hat sie mir alle beschrieben... Die Luft war erfüllt von den Gerüchen des Waldes... die der seichte Wind zu uns herüber trug.
Es war wie... ja... manche Dinge waren ebenso wie sie sind! Dinge fügen sich zusammen weil es so sein soll.
Und ich beschloß so unglaublich das auch klingen mag... ich entschloß mich zu bleiben! Denn aus dem was er mir erzählte erkannte ich... daß ich noch

sehr viel lernen konnte... von ihm... über das Leben!

Irgendwie lag es vielleicht auch an der Tatsache... das wir uns in gewisser Weise sehr ähnlich waren... so ähnlich das es mir... schon fast Angst machte. Seine Philosophie lag so eng neben der meinen...

Manchmal brauchte er mich nur anzusehen und ich wußte genau was er meinte. Von ihm lernte ich bewußt das Leben zu leben... mehr als ich es vorher tat...

Für alles was man brauchte selbst zu sorgen... es zu fertigen.

Und ich begriff durch ihn... daß es möglich war so zu leben!!!

Das lag nun schon einige Jahre zurück...

Ich bin ein reuiger Sünder... das ich meinen „Lehrmeister" so schändlich betrogen habe. Das ich mich zurück in die „Zivilisation" begab! Er nannte es nur Sklaverei!

Wie Recht er hatte! Wir alle tragen unsichtbar das Mal... mag sein das der Ein oder Andere seine Ketten gesprengt hat... und lediglich die Reste davon zur Demonstration... und Rebellion Schau trägt! So wie Syrius es tat. Wie ein perverses Halsband mit einem großen Eisenring am vorderen Teil... nur die Kette dazu hatte er schon vor Jahren abgelegt!

Jetzt nach all der Zeit des selbst Heuchelns... ging ich dorthin... wo ich nie hätte weggehen dürfen! Aber ich wollte ja unbedingt das Leben einer "Frau" führen!...

Pah... und wohin hatte es mich gebracht... in Schwierigkeiten! So wie beim ersten Mal als ich in diesem Teil des Waldes war...

Ich sah die steile Wand hoch vor mir aufragen... die Wurzeln die noch immer mahnend darüber hinaus ragten. Da hing ich mal... dem Tod so nah!

Das war Lektion Nummer 4 der taktischen Kriegsführung: Kenne deine Umgebung!

Wie oft mußte ich mir diesen Anblick verinnerlichen... die Situation in der ich einst war!

Ich mußte begreifen daß ich sterben konnte wenn ich unwissend war... wenn ich nicht lernte!!!!!

Nein sterben wollte ich nicht... deshalb war ich ja auch geblieben... vorerst... aber das ... das war lange her.

Es hätte dunkel sein können und der Weg vor mir wäre trotz allem deutlich und klar. Mit verbundenen Augen war ich ihn mehr als hundertmal gegangen... Er lehrte mich die Nummer 4 nie zu vergessen! Er sagte immer das ganze Leben sei ein Krieg... man muß immer vorbereitet sein... Man konnte nie beruhigt schlafen in Anbetracht der Tatsache das so viele unvorhersehbare Dinge in der Welt geschahen!

Ich fand jenen Zugang... Zwar war dieser im Laufe der Zeit extrem zu gewuchert... aber so viel Auswahl hatte ich nicht.

Das Gestrüpp störte mich auch nicht... Sorgen machten mir die... Spinnweben! Nicht das ich etwas gegen Spinnen hätte! Nein das sind äußerst nützliche Tiere!

Und persönlich gehört die Spinne zu den Ersten 10 derer Wesen... vor denen ich einen höllischen Respekt habe. Und sollte der Mensch eines

Tages seinen Traum von der Selbstausrottung verwirklicht haben... wird es Spinnen noch in Millionen Populationen geben... immer und überall. In Abwasserrohren... unter Steinen... zwischen Ästen und Bäumen!

So ein paar Netze hin und wieder stören ja nicht. Aber der Tunnelgang vor mir war besetztes Territorium!

Das ich da nicht hinein wollte... ist denke ich nicht schwer verständlich... aber ich konnte nicht anders! Denn dieser Gang war der Erste von den zwei möglichen Zugängen zur Höhle... zudem noch der Nahe gelegensten. Während ich mir also vorsichtig den Weg durch die Netze bahnte... erinnerte ich mich an jenen Tag damals... wo ich aufwachte und von Spinnen umgeben war! Er kannte meine Ängste... er wußte nur zu gut... wie und wo er mich damit treffen konnte! Er fand ein perverses Vergnügen daran... nein er entwickelte ein perverses Vergnügen daraus mir gewisse Lektionen so spürbar wie es nur ging... zu erteilen. Und eins kann man mit Sicherheit sagen... Scheiße – Verdammt! ... Ich... hab viel gelernt!

Es gibt heute noch... in dieser perfektionierten Welt... Stämme in... von der Zivilisation weit abgelegenen Regionen... Bei denen gilt es das Blut seiner Feinde zu trinken... um die Angst vor ihnen zu verlieren und Macht über sie zu gewinnen! Das ist noch Harmlos im Vergleich zu jenen Stämmen die Lunge... Leber oder Herz ihrer Feinde nach einer Schlacht verzehren.

Für die Zivilisation eine grauenhafte barbarische Abartigkeit...

Für die Stämme eine vollkommen normale Denk und Vorgehensweise ...

eines Kriegers...!

Er stellte mich meiner Angst gegenüber... so oft es nur ging! Ich sollte sozusagen auf Tuchfühlung mit ihr gehen... und das tat ich dann auch. Wie ein Fluch umgaben Spinnenkörper und Beine ... meinen Körper. Große... kleine... dünne , dicke... zappelnde und ruhig dahockende und auch solche bei denen man jedes Härchen sowie deren Werkzeuge erkennen konnte! Es war eine vielseitige Vertreter Schaft dieser Spezies...

Ich glaube der einzige Moment in dem ich mehr Angst empfand war jener als ich kopfüber... über dem Abgrund hing! ...

Es ist ein Unterschied ... sein Leben verlieren zu können... oder seinen Ekel zu überwinden! Trotz allem faszinieren mich Spinnen... weil sie so beängstigend schön sind... selbst die aus den Abwasserrohren haben eine eigene Art Schönheit an sich.

Gewiß es gibt auch einige Arten die man besser meiden sollte... wie zum Beispiel die Kreuzspinne! Ironie oder Schicksal? Die Weibchen sind mehr als bissig... Die kleinen Amazonen können ganz schön Groß werden... wenn sie genügend Raum zur Entfaltung sowie Nahrung finden. Der Biß kommt vom Schmerz her dem eines Hornissenstiches gleich und je nach Größe des Tieres ist auch die Intensität!

Aber die Netze die sie bauen sind herrlich... so filigran und dennoch „robust" und leider oft auch... besonders im Wald schwer zu erkennen. Wenn man dann erst einmal rein gelaufen ist... und alles herrlich zwischen Gesicht und Haaren klebt... weiß man wieder wer der Boss ist!

Es ist nämlich nicht der ach so zivilisierte Mensch... der in seiner Blindheit wie ein Maulwurf auf Erden unter dem Licht wandelt! Nein es sind

Wesen die es schon vor unserer Zeit gab... die der Mensch jedoch für primitiv hält weil er sich nicht mit ihnen über Fußball oder Klingeltöne unterhalten kann.....

Ich war durch den Tunnel durch... BUHJAH! Wie damals als ich aus Seiner „Spielzeugkiste" krabbeln sollte.

Manchmal sind Sprüche gar nicht so blöd wie sie zunächst klingen... denn Konfrontation bzw. Angriff ist tatsächlich die beste Verteidigung. Ich war durch... Sie hatten keine Macht mehr über mich... genau so wenig wie meine Angst!

Ich stand in der Großen Höhle von der aus wiederum mehrere Gänge weiter in den Berg hinein führten. Ich überlegte und kam zu dem Schluß... das Geradeaus keine gute Idee war... das kannte ich noch... Die Gänge nach Links waren mit Vorsicht zu genießen... also blieben nur noch die rechten Gänge... zumindest einer davon.

Zu meiner Verwunderung stellte ich jedoch fest... daß einige Gänge mit Lehm und dergleichen zugemauert waren... Und der den ich brauchte zwar frei fand... nur wurde dieser anscheinend... ... von Tieren benutzt...

Doch bei all dem war ich höchst zufrieden mit mir selbst... das nur ein spärliches Licht von meiner Taschenlampe auf das Ganze fiel.

Je weiter ich in den Gang hinein kam... je größer wurde auch ein widerlicher Gestank... den ich ganz und gar nicht mochte... der mich nichts Gutes ahnen ließ. Er hatte so eine „Aura" und es kamen mir Zweifel ob ich die nächsten Schritte noch schaffen würde!...

Der Essbereich lag vor mir... nur davor mußte man warnen!!!

Meine Lampe flackerte immer wieder... so wurde mir das wahre Ausmaß dessen was man hätte sehen können erspart! Alles was ich sah im aufblinken des Lichtes... waren... Arme... Beine... eine Vielzahl toter Körper... menschlicher Körper!

Meine Kehle brannte... mein Magen rebellierte... nach Luft ringend saß ich wieder am Boden kauernd in der großen Vorhalle und starrte auf die Überreste der Nahrung die ich mal zu mir genommen hatte. Alles schön in einem Brei- Schleimgemisch zu meinen Füßen...

Ich wollte das nicht glauben... in Filmen ja! Aber das war kein Film!!!

Vor allem aber wollte ich nicht glauben das ein menschliches Wesen derartiges getan haben könnte... und Er schon erst recht nicht! Er... hatte bestimmt die alte Höhle verlassen um sich wo anders niederzulassen. Er könnte keinem Wesen so etwas antun!

Das was ich sah... mußte Irgendjemand anderes... getan haben!

Nachdem ich meine Gedanken geordnet und meinen Magen beruhigt hatte... beschloß ich mich aus diesem Horrorkabinett zurück zu ziehen. Da gab es nichts Lebendes ... und das wahrscheinlich auch schon seit Jahren nicht mehr. Zurück nahm ich den Zweiten der beiden Gänge und hoffte auf wenig Spinnengefolgschaft. Und anderen bösen Überraschungen!

Da stand ich wieder am Anfang... hatte weder eine Erklärung noch das Verlangen zu sprechen... ich wollte nur weg... ich wünschte... Er würde jetzt irgendeinen seiner niederschmetternden Kommentare loslassen...
Aber nur der Wind rief einen kommenden Sturm aus!

Eine gute Ausrüstung ist praktisch und nützlich... gerade wenn man nicht weiß ob man so wie ich... je wieder nach Hause zurückkehren konnte. So verbrachte ich die folgenden Nächte in einem kleinen Polarzelt... das mir mal ein Gast im Pinnsvin schenkte... Das bis dahin ungewöhnlichste Geburtstagsgeschenk...
Ich hielt es nicht für ratsam in der Zivilisation zu verweilen... da Diese... die unüberwindliche Angewohnheit hatte... einen zu verraten... wenn sich die Gelegenheit anbot!!!
Die Tage waren gezeichnet von kilometerlangen Wanderungen gen Norden des Landes. Denn es gab noch einen weiteren Ort an dem ich Ihn finden könnte.
Manchmal...während meiner Zeit bei Ihm... war es vorgekommen... daß ich Tagelang allein in der Höhle blieb während Er draußen umher trieb. Ausdrücklich und unnachgiebig hatte Er mir verboten ihm zu folgen.
Ich denke damals kam für eine kurze Zeit die Frau wieder in mir durch. Natürlich war ich Ihm gefolgt!
Das hatte Er mich doch gelehrt... Wissen ist Macht! Im Grunde befolgte ich durch meinen Ungehorsam nur die weisen Lehren meines Meisters.

Es war ein langer Weg zu Fuß... und mir fiel irgendwann während dessen auf... daß ich nicht allzu viel Rast benötigte. Die Schritte waren nicht mühsamer als würde ich einen Spaziergang am Strand entlang machen. Mein Rucksack drückte nicht... es machte richtig Spaß... jeden einzelnen Kilometer hinter sich zu lassen.

Und seit Langem nahm ich mir wieder die Zeit die atemberaubende Schönheit dieses Landes zu genießen! Ich dachte darüber nach was mein Lehrmeister einst sagte... Er war nämlich der untrüglichen Meinung das Land wäre wie gutes Met... Nicht jeder mag es... doch es ist nahrhaft und süß... aber wenn man nicht stark genug war...

streckte es einen nieder!

Das empfand ich persönlich nicht so... aber in einem Punkt hatte Er Recht. Wer im Norden leben wollte brauchte eine gewisse Härte und Ausdauer...!

Nach Tagen ragten die Felsen schon von weitem über die Baumkronen empor. Sie zu erklimmen würde nicht einfach werden das wußte ich auch noch... Nur dies war wirklich die einzige Methode den Spalt zu erreichen der in das Innere dieser majestätischen Steinriesen führte.

Auch dieser Tag neigte sich bei Erreichen der von mir gesuchten Stelle endgültig dem Ende zu und auch ich fühlte in meinem Kopf eine langerwartete Niedergeschlagenheit.

Ich saß oben am Rande des Spaltes blickte in die herüber ziehende Nacht

und versuchte die Trommeln in meinem Brustkorb zum Schweigen zu bringen... in dem ich eine Melodie vor mich her summte... die wie eine persönliche Hymne seit je her mein Leben begleitete.

Eine Unruhe wie ich sie nie zuvor gespürt hatte überkam mich... alles um
mich herum war fremd und doch sonderbar vertraut. Mein Körper hätte
ohne weiteres noch ein paar Marathonläufe bestreiten können... und ich
senierte darüber... an der Kommunikation meines Körpers mit jeweiligen
Entscheidung tragenden Organen zu arbeiten... Zu irgendeiner späteren
Zeit wie ich beschloß... !!!

Denn... mir stand das Rätsellabyrinth bevor... Und Damals bei diesem
einen Mal als ich Ihm folgte und dort war... hatte ich schon bei der 2.
Aufgabe versagt.

Diesmal mußte ich alle schaffen um... naja im Grunde wußte ich ja nicht
was mich erwartete.

Intuitiv vermutete ich eine Art Mechanismus... der einen Geheimgang oder
Ähnliches freigeben würde.

Ich nahm nicht an das mein Meister diese Rätsel vollbracht hatte... alles
was man im Inneren des Spaltes sah... wirkte älter... sehr... sehr viel
älter.

Vermutlich hatte Er es irgendwann entdeckt... annektiert und dann zu
öffnen erkannt...

Die erste Aufgabe hatte ich Damals schnell geschafft!

Von dem Spalt führte ein schmaler Tunnel in eine Vorkammer. Von dieser
zweigten drei weitere Tunnel ab.

Bei der ersten Aufgabe sollte man lieber den linken Tunnel entlang durch einen hermetisch abgeschlossenen Wassergraben tauchen...ca.20m lang... am Ende dieses Grabens befand sich im Boden ein Hebel den man umlegen mußte...

Wenn man Glück hatte und noch genügend Luft... schwamm man die Strecke zurück um wieder atmen zu können. Wie Damals fand ich das... das Wasser wesentlich wärmer hätte sein können...und klarer.

Aber ich holte tief Luft wiederholte das Ganze drei Mal... dann sprang ich hinein... Alles woran ich in dem weniger Wasser mehr schleimigem Morast dachte war der Hebel... der Hebel am Ende des Grabens... Alles was ich mobilisieren konnte setzte ich in diesen Augenblick...

Wasser... Durch Wasser über diese Distanz zu tauchen wäre einfacher gewesen... Ich stellte fest... daß sich auch hier seit Damals einiges verändert hatte. Was immer es auch war durch das ich schwamm... Ein eigenständiges Algenbiotop... schleimig und... manche andere Dinge will man einfach nicht wissen!!!

Nichts desto trotz... ich schaffte es! Nummer eins war geschafft! Die erste Aufgabe war gelöst... und der Durchgang der sich öffnete lag vor mir...

Nummer zwei war schon noch um Einiges anspruchsvoller!...

Von diesem neuen Ort aus ... der wiederum drei weiterführende Tunnel besaß... sollte man dann den Rechten auswählen... das hatte ich damals soweit erkannt...

Am Ende dieses Tunnels befanden sich drei Symbole eingemeißelt im Fels-
boden... eines davon war richtig. Ich aber kannte keines von ihnen... Sie
sahen aus wie Schriftzeichen aus einer Keilschrift...
Eventuell im weitläufigstem Sinne in einer Erstvariante... Sumerisch angehaucht. Obwohl das in Anbetracht der Tatsache das die Kulturen Global
gesehen sehr... sehr weit auseinander lagen... nicht wirklich sinnig erschien...
Ich liebte die Geschichte der verschiedenen Völker und Kulturen... und
hätte so gerne Archäologie ... ...
Egal... ich hatte meine tausend Bücher in die ich mich verkroch sooft es
ging! Hier nun...konnten mir Bücher nicht wirklich helfen... hier galt es
ums Kombinieren... Aber ich hatte nur einen Versuch...
Bei meinem ersten Besuch hier... verbotener Weise ... und das Rechte
äußere mit den Serifen an dem Strich der aussah wie ein „I" nahm... machte es „Knack" der Boden unter meinen Füßen schob sich zur Seite und nach
einem längeren Fall tief abwärts landete ich in einem Wasserbecken... Von
wo aus mich eine „Strömung" aus dem Inneren hinaus trug zu einem kleinen
eiskalten See am Fuße der Bergformation...
Dieses werde ich auch bestimmt kein zweites Mal nehmen!...
Mein Bauchgefühl riet mir zu dem von mir aus gesehen linkem Symbol...
Aber konnte ich meinem Bauch trauen? ... Genau um das heraus zu finden
war ich ja überhaupt unterwegs... und auf der Suche nach... ... ...
Dann überlegte ich... Die Symbole waren in den Boden eingemeißelt... der
Hebel war im Wasser... der Weg bis dahin...?

So entschied ich mich das Linke mit dem Kringel am unteren Ende zu nehmen... die Mitte schloß ich komplett aus... intuitiv! Die Mitte erschien mir zu einfach... Es ging immer um eine klare Entscheidung... links oder rechts... Die goldene Mitte der Weg der Sicherheit?...

Das war auch eine der Nonsens Lektionen meines Meisters... Das man sich im Leben immer entscheiden mußte.

Links stand für mich fest ...rechts und die goldene Mitte außer Frage! Nichts!... Es passierte nichts... überhaupt nichts... nicht einmal ein Wutsch um zu Baden. Aber dieses dezente Knacken hatte ich mir nicht eingebildet... hoffte ich. Ich drückte noch einmal auf das Symbol... Es knackte erneut... so war es dann die Geduld die man für solche Spielchen aufbringen durfte!

Mit einem Schmunzeln erinnerte ich mich an all die Songs die ich bis dahin gehört hatte... Wenn man einen Song einmal hört sagt er einem nicht wirklich viel...manchmal!

Aber wenn man Geduld und Wollen aufbringt ihn immer und immer wieder anhört... dann... dann kommt Sie einem langsam... die Erkenntnis... die Botschaft wird klarer je öfter man ihn hört. ... die Botschaft das was er aussagt... die Bedeutung... Die Bedeutung!!!

Die Kringel... Da war es... Ich hätte mich treten können!!!!!

Betrachtete man die Einfachheit der Symbole nahm noch deren Alter hinzu... so blickte man auf... bei dem von mir gewählten Symbol... auf eine einfache Darstellung für das Element... Tja... welches war es? Es sah aus wie ein Blitz nur hatte dieser Kringel an den Enden... Deshalb käme man auf Wasser... aber Wasser hatte ich schon bei Aufgabe eins...dem Wassergraben... Es sei denn... da ging es nicht um den Graben mit dem Wasser sondern um den Hebel... Und der steckte im Boden... dem Stein...Boden... dann wäre das ... Erde?

... Im weitläufigstem Sinne? Nicht Wasser sondern Erde... Erde... Wasser

Ich führte diese Debatte mit mir über einen ganzen Zeitraum weiter... Wobei ich gelegentlich aus Verzweiflung und Wut mit der Faust auf das nichtssagende Kringel Symbol herum hämmerte... Meine Hand hätte schmerzen müssen... Aber da war ja dieses Problem mit der Kommunikation...

Mein Körper bildete sich vielleicht nur ein... daß nach minutenlangem Schlagen mit der bloßen Faust auf dem steinernen Boden eventuell ernste schmerzhafte Schäden auftreten könnten...

Aber mein Körper bildete es sich nicht ein... Auch nicht meine Augen die auf die blutende Platzwunde an meiner Handkante sahen...

Nur mein Gehirn glaubte alles sei in bester Verfassung!

Mein Körper und mein Gehirn schienen mehr als getrennte Wege zu gehen... sie waren keine Einheit mehr... Es wäre schon schlimm genug die Kontrolle über sein Denken zu verlieren und der Körper bliebe in Takt...

Aber bei klarem Verstand die Kontrolle über seinen Körper zu verlieren in Anbetracht dessen was mir noch bevorstand war eine mehr als erschreckende Vorstellung!

Aus einem Grund den man nicht immer verstehen muß... der jedoch trotzdem Realität wird... hatte mein nicht vorhandener Schmerz... Besser gesagt... nicht vorhanden weil Körper die Information an höhergestelltes Organ nicht weitergeleitet hatte!... ...

Etwas Gutes hatte diese Aktion jedoch erbracht... Der Stein auf dem das Symbol eingemeißelt bzw. eingeritzt war... lag bei näherer Betrachtung deutlich tiefer als die anderen Zwei. Schmerz und Erkenntnis lagen nah beieinander!

Ich war mir nicht wirklich hundert Prozent sicher ob ich richtig lag... Immerhin war das alles etwas anders als Wind bläst... Feuer brennt... Erde bebt usw. In diesem Fall ging es wohl mehr um die Praktische Anwendung der Elemente. Was wiederum meine persönliche Theorie bestätigte das es sich um einen sehr alten Mechanismus wie z.B. bei den Pyramiden der alten Ägypter oder Schatztempel Abwehranlagen der Maya... Inka oder Azteken handeln könnte... ...

Die alle wesentlich älter waren als mein Meister...

Nun... derartiges Volk hatte soweit im Norden nicht Fuß gefaßt... aber der Norden selbst ist voller Mythen und Legenden!

Die praktische Anwendungstheorie machte mir zwar noch Sorgen... da mir das einfiel was ich über alte Schamanen und Ihre Lektionen behalten hatte... Und in dieser Zeit in der ich alles hinein datierte waren die Schamanen überaus mächtige Wesen ihrer Zeit. Aber sei es drum... Ein letztes Mal noch wollte ich auf das Symbol... drücken... Irgendetwas wird es auslösen! ...

Ich ermahnte mich zum Stillstand... Wie eine Salzsäule erstarrt stand ich mit erhobener Hand vor dem Symbol... Ließ sie sinken... legte sie auf... stemmte sie leicht und drückte dann so fest ich konnte den Stein weiter hinunter...

Ein Ohrenbetäubendes ... mahlendes Geräusch war zu hören... Es hallte an den Wänden wieder...

Ich hielt mir meine Ohren zu ... so grauenhaft suchten diese Klänge sich den Weg in meine Gehörgänge. Dann war es plötzlich still. Erleichtert blickte ich mich um... Ja...

Da gab es auf einmal einen Durchgang. Zufrieden nahm ich meine Habseligkeiten... Dann hörte ich nur noch einen Knall... Sehen konnte ich trotz meiner zwei Taschenlampen jedoch nichts... eine Staubwand versagte mir jede Aussicht nach vorne.

Es dauerte eine Weile bis Sie sich legte ... und erneut hätte ich mich treten können! Der Durchgang war natürlich wieder geschlossen... daher auch der laute Knall... und der Staub. Der Stein mit dem Symbol wieder in der vorherigen Position. Da mußte ich lachen...

Aber es war ein anerkennendes Lachen... denn ich stand vor einer Art Zeitmechanismus... aus der alten Welt... und das hatte schon was!

Das bedeutete aber auch das ich mich vorher fertig machen... das Symbol betätigen... schnell zum Durchgang laufen ... um rechtzeitig hindurch zukommen. Mein zweiter Versuch war dann auch wesentlich besser als der Erste!...

Des Rätsels Lösung hatte mich in ein Labyrinth von weiteren Schächten geführt... Alle sechs hatten am Eingang jeweils ein Zeichen eingeritzt. Ich dachte wenn ich jetzt aufgeben würde... bereute ich es vielleicht für den Rest meines Lebens... Die Dämonen der Feigheit und des Versagens... mit Jenen wollte ich mich nicht anlegen. Es ist doch einfacher sich den Dingen und Aufgaben des Lebens zu stellen... als dem Wahnsinn in sich Einzug zu gewähren!

Aber ich fand mein Symbol... und diesmal war ich mir hundertprozentig sicher... es war der oberste Schacht an dessen Eingang sich „nur" ein Kreissymbol befand...

Als ich damals meine „Lebens- Lehre" begann... gab es nur eine Dummheit an Fragen die mir mein Meister auf seine Art austrieb...

Gibt es eine Reihenfolge... eine Hierarchie unter den Elementen?

Ich sehe noch seinen Blick vor mir... seine bebenden Nasenflügel... seine geballte Faust... und beinahe wäre alles zu Ende gewesen. So eine bescheuerte Frage von mir!!!

Selbstverständlich gibt es keine Reihenfolge oder dergleichen unter den Elementen... oder wie man sie aufreihte!... Welches wollte man denn über die Anderen voranstellen?

Das ist unmöglich... und selbst wenn man es versuchte... verfiele man in eine grenzenlose Vielzahl an Möglichkeiten... Nur um dann alles wieder zu revidieren und am Ausgangspunkt zu stehen... dem Wahnsinn ins Angesicht blickend!

Ich denke zu dieser Erkenntnis kam man schon zu Zeiten... die so weit zurück liegen das man aus Ehrfurcht... über das Wissen von Damals... in die Knie gehen möchte!... Das ist die wahrhafte Schöpfung...

Aber ich vermutete nun was ich für ein Symbol... Mechanismus oder der Gleichen in Gang setzen müßte... Einen Drudenfuß... Alb oder auch Marfuß... Bekannt auch als Hexagramm oder klassisch griechisch PENTA-GRAMM genannt. Je nachdem wie man es sich zu recht drehte oder legte... ... Man sagt das der Drudenfuß im mittelalterlichen Volksglauben ein Symbol für böse weibliche Nachtgeister war... den Druden... Die ebenso gut auch des Tags als Hexen bezeichnet werden konnten... wenn man auf fehlinterpretierte Überlieferungen stand!... Von so vielen verschiedenen „Gruppierungen" schon für eigene Zwecke adaptiert... glaube ich das dieses Symbol noch weit aus älter ist... als es legale öffentliche Aufzeichnungen darüber gäbe!!!

Von alten Legenden

Nach alten Schriften heißt es in etwa... ... ...

„Drei bilden  Eins und im Herzen
Fünf... endlos in   einander
verschlungen   ohne Anfang ohne
Ende... eine   perfekte Einheit...
untrennbar   zusammengehörend...!"

Es fiel mir wie Schuppen von den Augen... Erkenntnis...langsam aber
sicher kam sie über mich!...
Es gab Zeiten da dachten die Menschen die Erde wäre eine Scheibe...
plötzlich auftauchende Abgründe- Grenzen wo es danach nicht weiter ging...
Schiffe die einfach so am Horizont aus dem Meer nach unten fallen würden
und so weiter... und so weiter...
In einer so alten Sprache... drei bilden eins... fiel mir wenn man vom Alten
Denken ausging nur eines plausible ein... das ich im neuzeitigen Wissen deuten könnte... Sonne... Mond... und die Erde... der Planet selbst...

Die Entstehung dieses Planeten! Hier ging es nicht mehr um die Elemente allein... hier ging es im wahrsten Sinne des Wortes... um die Schöpfung... dann die fünf Elemente ohne die keine Schöpfung möglich wäre!...

Eine Einheit... ein Ganzes...

Denn alles begann mit dem Treiben zweier Planeten im Universum. Der Erste war größer und es schien als würde er den Kleineren hinter sich her ziehen. Es ging von ihm eine starke Anziehungskraft aus... was wir als Gravitation bezeichnen... Alle Körper ziehen sich gegenseitig an... Je größer die Körper je höher ist die Gravitation!

Doch dann wurde der Größere langsamer... wie ein Fahrzeug das in der Ferne ein Hindernis sieht und nicht dagegen prallen will... Der Fahrer bremst ab. Nun mit Sicherheit hat der Größere der beiden Planeten keinen Fahrer gehabt oder diese Entscheidung langsamer zu werden nicht selbst treffen können...

Er wäre weiter seiner Bahn gefolgt. Nur eben Dieser zu folgen wurde Ihm erzwungener Maßen versagt... Denn vor ihm lag ein anderer Himmelskörper der ihn zum Stoppen brachte.

Mehr als 330.000 Mal größer... ein Gebilde aus Gasmassen... heiß und glühend. Immer fortwährend in Tätigkeit... freigesetzte Atomenergie... Wärme Abstrahlung... Druckwellen... Eruptionen... Explosionen... Die verschiedenen Sphären der SONNE setzten der Reise ein Ende.

Alle Körper ziehen sich gegenseitig an... Selbst der Mensch... wird mitunter von einem Haus angezogen ohne es zu merken... Der Mensch ist ein

Körper... das Haus ist ein Körper.

(Was aber ist wenn man kein Körper ist? Kann man dann etwas anderes anziehen oder sich selbst anziehen lassen?)

Der kleinere Planet der dem Größeren noch immer folgte hatte keine andere Möglichkeit! Unweigerlich angezogen ohne „Bremse" kollidierte er mit dem Größeren. Eine Welle aus Energie und Trümmerteilen umgab die in tödlicher Umklammerung Liegenden.

Es gibt immer eine Unmenge an Wahrscheinlichkeiten und Möglichkeiten wie so ein Szenario enden könnte...

Die Masse und Geschwindigkeit des Kleineren war zu gering als das er durch den Größeren hätte durchbrechen können...

(Ein Rennfahrer wäre aus dem Windschatten ausgebrochen um zu überholen und hätte sich nicht einmal mehr anstrengen müssen... wie der vor ihm fahrende)...

Aber wie sollte ohne fremdes Dazutun bei einem Planeten so etwas geschehen?

Und so wurde aus der Kollision eine Planetare- körperliche Verschmelzung. Eine Einverleibung... Sex! Die Grundlage vom Entstehen.

Nun zugegeben... nicht in jeder Weise funktioniert es harmonisch ohne Opfer! ... In nachweisbaren Fällen ist es so... das der Eine von zwei Teilen seine „Pflicht" erfüllt hat und sterben muß!

Entkräftet einfach umfallen oder... gefressen wird. Wie das in der Insektenwelt zu beobachten ist... Um noch Nahrung für das schwangere Weibchen zu liefern! Und manchmal kann wo ein Körper ist kein Zweiter sein!

... Dann opfert der Eine einen Teil seiner Selbst um den Anderen aufzu-
nehmen...

Doch es heißt ebenfalls... daß manche Opferungen nicht vergebens sind!
Denn aus denen durch die Kollision verdrängten Trümmerteilen... die durch
die Gravitation in der Umlaufbahn der Kollidierten gehalten wurden... entstand etwas Neues...

So wie bei zwei „partnerschaftlichen" Wesen die ein Kind zeugen. Wobei die
Dauer der Partnerschaft... nicht zwangsläufig bedeutend sein muß...

Aus den kollidierten Zwei... wurde ein neuer Planet mit einem Kern der
selbst mal ein Himmelskörper war. Die in der Umlaufbahn verbliebenden
Trümmer nahmen mit der Zeit mehr um mehr Gestalt an... sie verdichteten
sich zu einer kompakten Masse... und wurden mit der Zeit selbst auch zu
einem neuen Himmelskörper... dem Mond!

Der Vater und Mutterplanet der Ihn gebar gab ihn nicht aus der Umklammerung. Er wurde zum treuen Begleiter... Wächter und Untergang in
einem. Denn sie können nicht ohne einander existieren! ... Gegensätzlich und
doch zum Teil gleich... In einem Kind steckt ein Teil seiner Eltern. Zu
nah können Sie sich auch nicht kommen... wie zwei umgekehrte Magneten
existieren Sie nebeneinander... nicht zu dicht nicht zu weit entfernt zieht
der Mond seine Bahn!

Ein Paradoxon des Existenten selbst... das Diejenigen die so eng beieinander
entstehen... fähig sind sich zu verletzen!!!

Manchmal ist das Naheliegende der Zusammenhang zwischen den Dingen
selbst. Etwas das wir zwar wahrnehmen aber nicht immer gleich erkennen

oder verstehen!...

Ich war vollkommen falsch an das Rätsel heran gegangen! Und diese Verblendung ärgerte mich! Sehr sogar! Ich begriff das die Elemente nur Tarnung waren und ihr Zusammenhang der Wegweiser. Und ich erkannte das wer immer Dies... was vor mir lag angelegt hatte... ein Genie... ein wahrhaft Denkender gewesen war! Ein Visionär der über die Grenzen hinaus sehen konnte... und das zu Zeiten wo das Denken geboren wurde.

Denken – Wissen – Begreifen...

Fragen – Lernen – Verstehen...

Ich suchte ein Pentagramm und fand ein magisches Dreieck. Und dies war das Symbol das sich dort wo ich war befinden mußte... oder etwas das ein Dreieck bilden könnte.

Weiteres debattieren mit dem Wissen... weiteres Grübeln...

... ...

Die Babylonier waren die ersten die den Tag in Stunden... Minuten und Sekunden einteilten. Die Ägypter waren wahre Meister in der Erschaffung perfekter geometrischer Bauwerke... waren die Erfinder der Geometrie... auch wenn sich dieser Begriff erst im 15./ 16. Jh. aus dem griechischen ge... metron (Erde und Maß) festigte!

Sie kannten einen rechten Winkel in einem Dreieck.

Bauwerke richteten Sie nach Sternen Konstellationen aus... teilten das Jahr in 365 Tage (noch ohne Berücksichtigung das ein Jahr etwa 6 Stunden länger ist... das führten die Römer ein)... Maßen die Zeit mit Hilfe von Sonnenuhren... alles weit vor der heutigen Wissenschaft...

Ich wurde plötzlich zum Kind... das seinen Aufsatz vor dem Vortragen in der Schule durchging... Wußte ich das wirklich alles? Warum habe ich dann nicht mehr... aus meinem Leben gemacht? ...

Ich rief das ganze Zeug ab als wäre es das normalste der Welt. Vielleicht hatte ich tatsächlich einen Faible für Wissenschaft und Geschichte...

Euphorisch begann ich jeden Winkel abzusuchen. An den Felswänden... auf allen Vieren kroch ich über den steinigen Boden... Nach Stunden so kam es mir vor... gab ich enttäuscht auf. Ich dachte so nah dran zu sein... und fand mich Meilenweit vom Ziel entfernt... zum Ausruhen und Nachdenken auf einem etwa fünf Fuß hohen Felsbrocken wieder. Grübelnd starrte ich nach Unten als mir auffiel... das... die Fläche der Höhle in der ich mich nun schon seit... mir kam es wie eine Ewigkeit vor... aufhielt... ... in etwa der eines Rechteckes entsprach. Das war mir vorher nicht aufgefallen. Wie denn auch...

Ein Rechteck... Mathematik war nie mein Ding gewesen... All die Zahlen und Gleichungen...

Aber die Ägypter schwirrten noch in meinem Kopf herum... Die konnten nämlich die Flächen eines Rechteckes genau berechnen und... leiteten... daraus... die Berechnung eines Dreieckes ab... denn...

Ich erhob mich und sprang auf den Boden zurück. Denn... ein Rechteck lässt sich in zwei gleich große ... Rechtwinklige Dreiecke zerlegen!

Das war es! Ich brauchte „nur" noch heraus zu finden welches das richtige war!

Dank meines Seiles das ich für den „Notfall!!!" als Befestigungsmittel

mitgenommen hatte versuchte ich wie die alten Ägypter die rechteckige
Fläche des Bodens zu teilen... was mir auch ganz ausgezeichnet gelang...
Aber das war dann auch wieder alles.

Zurück auf dem Felsbrocken starrte ich auf meine geometrische Glanzleis-
tung. Zwei wirklich schöne gleich große rechtwinklige Dreiecke hatte ich
hin bekommen wie ich fand... und den steinigen Boden eigentümlich zertram-
pelt... Was in meinen Augen Schwachsinn war denn... wie sollte man einen
steinigen Boden zertrampeln?... Aber es war so!

Die Oberfläche des Bodens schien nur Massiv zu sein... erwies sich aber
als Trug. Besonders an der Stelle zur Mitte des Rechteckes hin war es
besonders deutlich zu erkennen. An den Stellen zum Rand hin nicht mehr.
Erneut sprang ich von dem Felsbrocken der mir bis jetzt eine neue Sichtweise der Umgebung ermöglicht hatte. Ich markierte die erste Linie die
ich mit dem Seil gezogen hatte mit etwas Holzkohle... die ich für „etwas
ganz Besonderes" dabeihatte...

Um dann das Seil zu den beiden Anderen sich gegenüberliegenden Seiten zu
ziehen. Am Boden in der Mitte der Fläche des Rechteckes wo Beide sich
schnitten... begann ich dann erst mit den Füßen... und dann mit meinen Händen herum zu scharren. Es war... wie... als wühlte man in Handflächen
großen Metallplättchen... so scharfkantig waren sie. Nur war es kein
Metall sondern Stein.

Es war letztendlich egal...was es war... diesmal tat es verdammt weh!
Der mittlere Bereich des Bodens war davon übersät... und mit meinem
Blut... das von meinen Händen tropfte. Wenn man einfach nur so darüber

lief fiel einem der Unterschied nicht auf... Nur war ich schon eine ganze
Weile an diesem Ort gewesen und war herum gelaufen. Ich hatte ja nach
etwas gesucht... und dabei dann den Boden offensichtlich gelockert!
Die obersten Plättchen waren entfernt aber es sollte noch kein Ende
nehmen. Ein vom Durchmesser etwa 18 Zoll- Autoreifen großes Loch
entstand vor mir. 18 Zoll... weil das meine Traumreifen an meinem
Traumauto sind... und die kenne ich ohne nachzumessen!
Die Plättchen wurden allmählich in einer Tiefe von etwa 30 Zentimetern
weniger was mich freute... und dann... Dann fand ich endlich was ich zu
finden gehofft hatte. Unter all den Plättchen lag eine Runde Platte...
nur war diese aus... grünem Marmor.
Auf ihr befanden sich eine Vielzahl von Zeichen... Symbolen und Runen.
Sie waren nicht alle zur selben Zeit entstanden... Einige sahen von der
Art und Weise... wie man sie in den Stein gebracht hatte älter aus!
Manche eher unbeholfen und krakelig... Andere wiederum wirkten als
wären wahre Künstler am Werk gewesen.
Aber eines hatten alle gemeinsam... sie waren kreisförmig um einen Hebel
angeordnet. Wobei die am ältesten Aussehenden ihm am nähersten lagen.
Grüner Marmor?... ... ...
Die Runen lagen mehr zum äußeren Rand der Platte.
Da ich nun schon so weit gekommen war... was mich mit einer nicht uner-
heblichen Befriedigung lohnte... stellte ich fest das die Euphorie sich
schnell ins Gegenteil wandelte. Zu viele... Dinge... hatte ich gesehen die
ich nie freiwillig in meine Gedankenwelt geladen hätte. Ich wußte nicht was

die Bedeutung der Symbole und Zeichen waren... noch was mich erwartete wenn ich den Hebel betätigte.

Deshalb tat ich es einfach!

Er war schwer zu bewegen und ein leichtes Ruckeln des Bodens war spürbar... Mit einem Knirschen senkte er sich... das hieß... die gesamte rechteckige Bodenplatte senkte sich ab...

Eine kalte Dunkelheit empfing mich. Gepaart mit einer kriechenden Feuchtigkeit die einem die Haare zu Berge steigen ließ. Wie viele Meter es abwärts ging war schwer zu sagen... Vom Gefühl her waren es mindestens... verdammt viele Meter gewesen... vielleicht aber auch mehr! Meine Augen versuchten der Dunkelheit zu trotzen... und für einen winzigen Augenblick beschlich mich sogar das Gefühl die Steinwände vor und neben mir erkennen zu können. Aber es war nur für diesen kurzen Moment. Kälte und Feuchtigkeit stiegen... je weiter ich nach Unten kam. Allerdings nahm das Licht wieder zu... was mich zunächst verwunderte. Mit einem mächtig unsanften Ruck kam diese Antike Art von Fahrstuhl zum Stehen.

Was meine Augen dann dort Unten... vor mir erblickten war unglaublich! Das Fahrstuhlgefährt hatte auf dem Boden aufgesetzt... der Ausgang führte in eine Höhle aus der auch das Licht kam. Aber es war kein Tageslicht oder dergleichen... das Licht das diese Höhle erleuchtete stammte von einer fluoreszierenden Substanz an den Wänden... die bei näherer Betrachtung Stück für Stück bemalt waren.

Höhlenmalerei in ihrer Schönsten Formvollendung.

Und zwischen den Darstellungen zogen sich die fluoreszierenden Adern entlang. Es wirkte wie eine Galerie wo über den Gemälden kleine Lichter angebracht waren... damit sie noch besser zur Geltung kamen.

Es waren aber vor allem die Darstellungen selbst die mich in einer Art in ihren Bann zogen die man schwer erklären kann... so etwas muß man sehen. Eingerahmt von unzähligen kleinen leuchtenden Adern.

Das waren alles Zeichnungen von der Geschichtlichen Entwicklung des Menschen... Von seinen Anfängen... Jagdrituale... Spirituelle Darstellungen und Riten...

Aber auch... und das ließ meine euphorische Hoffnung etwas schwinden das dies alles tatsächlich so alt war wie es wirkte... eine gesondert platzierte Darstellung der Erdentstehung. Ich hielt dies für unmöglich... Aber meine Augen sahen es ganz deutlich! Genau das was ich mir noch oben durch den Kopf gehen ließ... mit der Sonne dem Mond und der Erde...

War hier Unten auf die Steinwände gemalt. Und sogar noch mehr... Mond und Erde waren vom Grundaufbau gleich nur gab es auf dem Mond „kein" Leben. Das lag wohl auch an der Tatsache... das der Mond nie die... Ruhe und Möglichkeit hatte sein Potenzial zu entwickeln... Es war alles genau veranschaulicht! Die damalige Nähe des Mondes zur Erde... die für Lebewesen nicht sonderlich angenehme Lebensbedingungen bereithielt... im wahrsten Worte das einzig wahre Armageddon! Aber durch Seine damalige Nähe hatte er auch etwas Gutes für diesen Planeten gebracht...

Es gibt ihn nämlich noch!!!

Und das aufgrund der Abfangfunktion von Meteoriten und anderem planeta-
rem Müll. Tja und wenn man die heutigen Bilder der Mondoberfläche
sieht... kann man sich vorstellen daß man sich von so etwas nicht so ohne
weiteres... vor allem nicht so bald erholt!
Die Aktivitäten im All müssen damals gigantisch gewesen sein... zumindest
häufig und stark genug das sie den Mond aus der Nähe der Erde trieben...
hin zu seiner uns vertrauten Position. Er war ein guter Schutzschild... nun
sind wir auf uns alleine gestellt...
Wer immer diese Darstellung gefertigt hatte... konnte eigentlich nur aus
der heutigen Zeit stammen... so viel stand fest. Aber auf der anderen
Seite... war da auch die Tatsache... das der Mensch gerne im Rampenlicht
steht... gelobt oder irgendwo erwähnt werden möchte!!!
Man hätte diese Höhle (Anlage) längst erwähnt als Archäologische Sen-
sation... Niemand macht sich da die Mühe mit so viel Detailgenauigkeit
etwas hinzu zufügen ohne es dem Rest der Welt mitzuteilen! Es ergab für
mich keinen Sinn... also setzte ich meinen Weg durch diese Höhlengalerie
fort. Es gab nur einen Gang der weiterführte...er war schmal... jedoch
gab es an seinem Ende ein so wundervolles Licht... das man den beklemmen-
den Schacht nicht mehr wahrnahm.

Die Halle der Krieger

Meine Augen brauchten einen kleinen Moment um sich an diese gebündelte Intensität der fluoreszierenden Substanz zu gewöhnen. Die Höhlenbeleuchtung im zurückliegenden Teil war mit dem was mich umgab nicht zu vergleichen. Ich war buchstäblich eingehüllt von einem bläulich grünen Pastell leuchtenden Lichterschein.

Hier gab es auch keine Kälte... alles schien so unwirklich als wäre ich durch ein Tor zu einer anderen Welt gegangen... Überall an den Wänden entlang zogen sich weiter die Licht spendenden Adern... was diesem Ort eine mystische und wahrhaft erhabene Aura verlieh!...

Als ich mich an dem fast schon hypnotisch schönen Lichterspiel satt gesehen hatte... sah ich die erstaunlichste Zweckdienlichkeit für so einen Ort. Ich hätte mir nie zu träumen gewagt... so etwas je zu Gesicht zu bekommen... außerhalb eines Museums!

Sortiert und aufgereiht... standen an den Wänden dieser... man konnte nichts anderes als Halle sagen... obgleich das mehr als untertrieben... und vielleicht auch eine Beleidigung war!...

Jahrhunderte an Kriegergeschichte... Was sie trugen... ihre verschiedenen Waffen... Ich persönlich mag keine Kriege und im Grunde auch keine Waffen!... Aber in dieser Halle wirkte es... ehrlicher... nicht so grausam... eher nachdenklich und in einer stillen Andacht die man sich nicht erklären konnte...

Manche Schwertklingen sahen so aus als hätte man sie erst vor kurzem poliert... Andere wiederum waren von einer feinen Staubschicht bedeckt die ebenfalls zu leuchten schien.

Ein leises Plätschern drang an mein Ohr... aus einer hinteren Nische. So wie die Gänge und Umgebung dort Unten aussah war es möglich... das es vor langer Zeit mal einen Unterirdischen Fluss oder See gegeben haben könnte. Ich folgte dem Plätschern... auch schon alleine aus der Tatsache heraus das ich leider meinen Rucksack mit dem bißchen Proviant vor allem meiner Wasserflasche... oben in der Höhle hatte liegen lassen...

Ich war am Verdursten. Weiter dem Geräusch folgend ragte plötzlich eine überdimensional große Trinkschale... wie für einen Riesen gemacht... zum Teil aus dem Boden heraus...

Doch nahm sie mehr die Funktion eines Brunnens statt eines Trinkgefäßes ein. Die Schale war aus einem Material das ich nicht kannte... es war eigenartig ... selbst das Wasser schien zu leuchten. Doch es war kühl... und alleine es zu berühren eine Wohltat. Ich schöpfte eine Handvoll und ließ das Wasser durch meine Finger wieder zurück in das Schalenbecken gleiten. Das Blut an meinen Händen löste sich ein wenig... und das Wasser kühlte meine Wunden...

Ich senierte vor mich hin wie schön und wohltuend es sei...

„Einen Schluck will ich nehmen" hörte ich mich sagen und setzte die erneut vollgeschöpfte Hand an meine Lippen.

„Trink und dann stirb"

„Wer ist...?"

„Sprichst du immer noch mit dir selber? ... Ist das nicht sonderlich da wo du herkommst?"

Mein Herz schlug wie die Flügel eines Kolibri... Ich kannte diese Stimme... und den Mann... dem sie gehörte!!!

„Arving!!!!!... Hab ich dich endlich gefunden. Ich weiß... als wir uns das letzte Mal sahen gab es da... Es ist so schön dich zu sehen... Ich... ich... will nicht in der Vergangenheit wühlen o.k.? Lassen wir das beiseite und reden... denn... Ich brauche deine Hilfe... min lærer!"...

„Es gibt nichts für einen Menschen an diesem Ort... außer den Tod! Ich rede nicht mit ihnen... sie sind mir zu wieder! Ich habe keine Freunde... und keine Schüler! ...Daher haben wir nichts miteinander zu reden... Verschwinde von hier und kehre nie wieder zurück... sonst... töte ich dich!"

„Mich töten? Du hast mir einst das Leben gerettet! Wovon redest Du? ... Du hast mir ein Dach über dem Kopf gegeben - Essen... Du hast mir gezeigt wie man... Arving!... Bitte! Höre mich an... Ich... ich bin in Schwierigkeiten! Das übersteigt alles woran ich bisher glaubte... ich weiß auch nicht...Aber seit ein paar Tagen jedenfalls... bin ich nicht mehr ich selbst!... Ich meine ich bin es schon irgendwie... nur... fordømmet! Willst du nicht vernünftig mit mir reden?

Dann... sieh es dir wenigstens an... und sag mir was du davon hältst! O.k.? Bitte... danach gehe ich und laß dich wieder in Frieden... ich schwöre es!..."

„ Ein Schwur aus deinem Mund ist so klebrig wie Honig und so tödlich wie das Wasser aus diesem Brunnen!... Probleme?... Deine Probleme!... Werd damit alleine fertig! Trink hunn!!!

„Hunn?!...Ist es das als was du mich siehst? Ein Weibchen?... Ich bin ein Mensch... falls du das vergessen haben solltest!"

„Ach wirklich?! Nun warum bist du dann nicht bei Deinesgleichen?!!!..."

... ...

„Du betrügst dich selbst... alleine die Art wie du dich vor mir aufbaust... ich bin nicht dein Feind Arving... also drohe mir nicht! Es geht hier doch um etwas anderes... nicht wahr? Dieser Haß den du mir entgegenbringst... Was habe ich getan um einen derartigen Zorn von dir auf mich hervorzurufen?... Warte!... He verdammt bleib stehen... lauf nicht einfach so ignorant davon... Sagtest du nicht immer zu mir... ich solle persönliches Empfinden nicht... Bleib stehen! Wenn du nicht so ein verfluchter... starrköpfiger Eigenbrötler wärst... wäre es auch nicht so schwer mit dir auszukommen! Bleib jetzt verdammt noch mal endlich stehen!!! Ich will doch nur das du es dir ansiehst... das ... das ist alles... bitte!"

Ich brüllte ihm die Worte fast hinterher als er wie vom Donner gerührt flink wie ein Wiesel durch ein Labyrinth von sich auftuenden Gängen eilte.

Ich war mir nicht sicher ob ich mit dem was ich vermutete richtig lag.

Ich hatte einen verbitterten Mann vor mir... dessen Augen ein Heer feindlicher Krieger in die Flucht schlagen könnten... so hatten sie geglüht...

Seine Faust glich einem Hammer.

Und dennoch waren wir uns so ähnlich... ich konnte seinen Schmerz fast riechen... den er so gut hinter seinem Haß verbarg! Ich war damals nur

fortgegangen... Nie hatte ich den Ruf der meine Seele band vergessen.

So laut und deutlich... so heftig und intensiv wie die Trommeln schlugen...

war er nicht zu überhören!!! Vielleicht habe ich ihn missverstanden und es

nicht einmal bemerkt... das wäre typisch... für mich!!!

Jeder Mensch will im Grunde nur eines...nicht alleine sterben!...

Wenn man gefunden hatte was man so dringend braucht... dann gab man es

freiwillig nicht leichtfertig her! Aber was ist wenn man dir diese Wahl

nicht läßt?

So wie ich damals... ich stellte ihn vor vollendete Tatsachen. Ich sagte

daß ich gehen würde und tat es!

Der einsame Krieger blieb zurück... als Schamane draußen in den Weiten

der Wälder... Vielleicht wollte er keinen Schüler... Vielleicht... wollte

er eine warme weiche Haut, an die er sich wärmend legen konnte... in den

kalten dunklen Nächten. Jemand der seinen Samen nimmt... ihn mischt...

ihn wandelt und der Schöpfung Leben gibt! Eine... eine...Frau...!

Ich war mir damals nicht sicher was ich wollte!... Wenn ich so darüber

nachdenke... war es wohl etwas Anderes... das ich von ihm wollte!

Nicht das ich nicht... ... ... was solls ich glaube das war der Punkt...

der Grund warum ich überhaupt fortging!!!

Es lag nun ein paar Jahre zurück... viel Zeit war unterdessen vergangen.

Ich hatte mich verändert... dachte über vieles Heute ganz anders nach als

Vorher... versuche meinen Weg in meinem Leben zu finden... so wie er...

Jedoch scheint die Zeit... und die damit verbundenen Veränderungen... an ihm spurlos vorbei zuziehen! Seine Schnelligkeit jedenfalls hatte er nicht verloren. Auch sein Aussehen hatte sich kaum merklich geändert. Wer hat die Zeit zurückgedreht und mich auf den Ausgangspunkt gestellt? Es war auf jeden Fall eine Tortur mit ihm mitzuhalten. Die Gänge und Höhlennischen an denen ich vorbei eilte... waren ebenso verziert wie in der Höhle vor der Halle der Krieger. Gerne hätte ich sie mir genauer angesehen... aber so wäre der Anschluß an Arving mit bestimmter Sicherheit verloren gegangen. Er kannte jeden Winkel dieses Ortes... wußte wie und wo er entlang laufen konnte... aber ich dagegen... stolperte unbeholfen durch die nicht ganz so hell beleuchteten Gänge hinter ihm her... hoffend das wenigstens sein Geruch lang genug den Weg markieren würde... um ihm folgen zu können! Ja es war Seltsam... aber ich konnte ihn so deutlich wahrnehmen als preßte ich mein Gesicht auf seine Haut...

Er bewegte sich mit einer Leichtigkeit und Vitalität die einem jungen... aber erfahrenem Krieger gleich kam. Obwohl ich Arvings Alter nie genau einschätzen konnte... tat ich mich schwer ihm dieses Attribut an zuhängen. Der Gang durch den ich ihm folgte ergoß sich in eine Art Kammer... Das war... das Ende der Hetzjagd... Eine leere in sich geschlossene Kammer! Wem war ich nachgejagt?... Einem Geist der durch Wände gehen konnte? Zumindest brannte eine kleine Fackel.
Eine der Wände sah künstlicher aus als die Anderen. So als wäre sie nachträglich errichtet worden und man hatte sich keine Mühe gegeben sie

den Anderen anzupassen. War ich doch richtig gelaufen? Fragen drängten sich in mir hoch... aber ich hatte keinen Bock auf Spielchen oder Rätsel. Ich war mehr als genervt... Arving war unerträglicher als ein tobender Sturm zur Herbstzeit und ich... war am Ende meiner Kräfte angekommen. Und so durstig das meine Zunge am Gaumen kleben blieb. Ich versuchte mich zu erinnern wann ich zuletzt gegessen oder richtig ausgeschlafen hatte. Es muß Tage her gewesen sein da ich dies tat...

Das angenehme Gefühl von Ruhe überkam mich... meine Augenlieder wurden so schwer wie Blei und fielen zu. An Ort und Stelle... in dieser kargen Kammer legte ich mich auf den Boden und schlief unweigerlich ein. Arving konnte mich mal... er würde schon wieder auftauchen... ganz... sicher!

Der Geruch... der mir in die Nase stieg als ich wieder erwachte war ekelerregend. Es war der unverkennbare Geruch von Etwas... das am Verwesen war! Mit nur einem Blick erkannte ich das ich nicht mehr in der besagten Kammer war... sondern auf einer Art Lager... in einer der unzähligen Höhlen die es hier geben musste... lag. Mein Blick schweifte umher... viele vertraute Dinge konnte ich erkennen. Die Decke die meinen Körper bedeckte kannte ich gut... eine Ansammlung aus Fellen... die so kuschelig und anschmiegsam war wie eine zweite Haut. Ich nahm den Schatten der sich über mich beugte zuerst nicht war.

„Arving?!... Ich habe dich nicht kommen gehört... ich ... du... du hast mich hierher gebracht obwohl ich eigentlich verschwinden sollte. Warum hast du mich nicht... warum hast du mich... hierher gebracht? Redest du wieder mit mir?"
„Wie lange brennt es schon?"
„Was brennt... ich verstehe nicht ganz..."
„Stell dich nicht so an... Ich hab es mir angesehen als du geschlafen hast!... Das... wolltest du doch!... Also... wie lange brennt es schon?"

Eines hatte ich in der Zeit die ich damals mit Arving verbracht hatte begriffen... Wenn er eine Frage in einem Befehlston stellte... erwartete er auch eine direkte Antwort... ohne lange herum zu schwafeln. Man konnte sich schnell wie ein Bote vorkommen der einem Herrscher eine elementare Mitteilung zu überbringen hatte! Und dafür zuweilen ohne Umschweife den Tod zu erfuhr!

„Es brennt nicht... die ersten Tage hat es ein wenig gejuckt... aber das ist vorbei... ich spüre es schon kaum noch!"

„Das ist überaus beachtlich für einen... wie dich... Es wird für gewöhnlich abgestoßen... und der Wirt... stirbt kurze Zeit darauf. Bei dir hat es sich nicht entzündet... ein sauberer Übergang... von Fleisch zu Fleisch! Und wer war das? Hast du wieder mit den Schwarzen Schatten gespielt... und dich opfern lassen?..."

Sein Blick war noch immer finster und grimmig... er sprach nicht wirklich gerne mit mir... das verriet der Tonfall in seiner Stimme... jedes Wort war eine Waffe. Aber in jenem Moment ging es nicht um ihn... sondern um mich!

„Du widerst mich an Arving! Ich habe nach dir gesucht um... um zu verstehen was mit mir geschehen ist. Nicht um mich von dir wegen Vergangenem beleidigen zu lassen!... ... Ich habe nie mit schwarzen Schatten gespielt... Schön... ich habe mal für eine Zeitlang in ihrer Welt gestochert..."

„Ja! Und du wolltest ja unbedingt zurück!..."

„Zurück?... Ich... ich wollte nie zurück ich... Die letzten Jahre verbrachte ich als Bedienung in einer kleinen Kneipe... wohne in einer mehr oder weniger komfortablen Behausung und... nein! Du kannst jetzt innerlich triumphieren... Nein ich habe nicht gefunden wonach ich suchte... besser gesagt ich... Verdammt weißt du wie lange es her ist das... Wenn du mich Bestrafen willst Ok! Das hab ich deiner Meinung nach verdient. Nur... weißt du das ist im Moment nicht einmal Ansatzweise mein Problem!

Ich bekam Besuch aus der Vergangenheit... Eine mit der ich abgeschlossen hatte... es war Serina. Sie kam zu mir in diese kleine Kneipe... du weißt wer sie ist... deine Anspielung war nicht... so verkehrt. Ja sie ist eine von Syrius „Hexen". Es war eine kleine Holzschatulle die sie mir brachte. Den Inhalt hast du ja bereits gesehen. Und ich schwöre dir dieses Miststück so verängstigt zu sehen war fast die Genugtuung des Jahrhunderts. Das Syrius es wieder haben will ist so sicher wie Tag und Nacht. Denn er glaubt... den Schlüssel gefunden zu haben... Scheiße! Weißt du wie sehr ich mir in den Letzten Wochen deswegen Vorwürfe gemacht habe weil ich meine Klappe nicht halten konnte.

„Demoria Borga!" Er denkt vermutlich er wüßte wo es ist... und ich bin daran schuld! Dabei habe ich immer stets nur von nordischem Territorium gesprochen. Und das ist wenn man es geschichtlich betrachtet... recht beachtlich und groß. Aber eben nur auf das Territorium bezogen.

Ich weiß auch nicht ich... bin so fertig mein Körper will nicht so wie ich... meine Gedanken sind ein riesiges Wirrwarr... irgendwie habe ich das Gefühl nur unverständliches Zeug daher zureden.... Sag mir bitte nur was mit mir geschieht... du hast von Abstoßung? Gesprochen... also hast du das hier schon einmal gesehen?"... ...

Ich wollte mein Oberteil etwas anheben um es ihm zu zeigen.

„Lass es!!!... Ich... sah es bereits. Und nein... wirklich gesehen an einem... Menschen... habe ich es nur bei dir!..."

Er kam ganz dicht an das Lager... auf dem ich noch immer lag heran. Seine Augen funkelten wie die Augen eines Wolfes bei Nacht... eine spöttische Genugtuung lag auf seinen Lippen auch wenn sein Bart wie ein Schleier wirkte den man erst lüften muß um zu erkennen was sich dahinter verbarg.

„Dir wird schlecht nicht wahr? Sie kriecht in die hoch... schnürt dir die Kehle zu... die wie Feuer brennt... dein Magen steht Höllenqualen durch... und das ist gut so! Denn es gibt mir ein Gefühl von Befriedigung... sieh nur hin und dann... wenn du begriffen hast... reden wir weiter!"

Nach diesen letzten Worten verschwand er wieder. Was war mit ihm passiert? Was sollte ich begreifen? Alles schien sich zu drehen... alles war so unwirklich... ... ...

Dann war es amtlich... es war definitiv nichts mehr in meinem Magen! Bitter- säuerlich war es aus mir heraus gespritzt. Entleerte sich neben dem Lager... auf dem ich zitternd und keuchend würgte. Was hatte er damit gemeint... „wenn ich begriffen habe". Was sollte ich denn begreifen? Mein Kopf war zum Platzen gefüllt... aber einen klaren Gedanken konnte ich nicht fassen.

Dann stieg er mir wieder in die Nase... kroch an den Wänden... der Decke selbst meiner Kleidung empor... dieser Geruch nach Verwesung. Die ganze Luft war davon erfüllt! Auf allen Vieren kroch ich vom Lager davon... stehen oder laufen war nicht möglich... meine Glieder verweigerten den Dienst. Aber ich mußte irgendwie raus aus diesem Gestank. Ich ermahnte mich nicht zu sehr dem Wunsch nach frischer Luft zu verfallen... schließlich war ich in einem Höhlensystem... und weit davon entfernt etwas anderes einzuatmen als das was ich meinen Lungen meinen Nasenschleimhäuten antat. Mein Wille mich so schnell wie möglich fortzubewegen war stark... aber mein Körper...

Forderte die Unachtsamkeit die ich meinem Körper in der letzten Zeit entgegenbrachte nun doch ihren Tribut? Wie konnte ich nur so Töricht sein... zu glauben ich wäre über die Gesetze der Natur erhaben!

Ich kroch voran... Meter um Meter zog ich mich vorwärts. Meine Finger krallten sich in den sandigen Boden dieses Teiles des Höhlensystems. Ich wollte so sehr weg... das ich zunächst nicht realisierte wie alles rings um mich herum in Dunkelheit verfiel. Der schwache Fackelschein der die Kammer mit dem Lager beleuchtet hatte... hinter mir... war alles was es an Beleuchtung gab. Vor mir lag ein dunkles Nichts... das ich nicht kannte. Unmöglich zu sagen... wohin ich mich eigentlich bewegte.

Zunächst war es mir egal... nur weg von dem Tod dessen Gestank hinter mir her schlich wie die Pest... Die nur darauf wartet dich hinfort zu raffen. Nur merkst du es nicht... nicht sofort.

Erst wenn sie sabbernd über dir hockt... und du ihren fauligen Atem im Nacken spürst! Meine Hände tasteten nach einer Wand an der ich mich entlang ziehen konnte... eine schwache Pseudoorientierung.

Arving... wo immer er auch war... ich haßte ihn! Er und seine Spielchen... war ich in der Vergangenheit nicht schon genug durch die Hölle gegangen?

Meine Finger fanden eine Wand... doch lag ein Hindernis vor mir. Ich tastete danach um zu spüren ob es etwas war das ich hätte zur Seite schieben
können. Die Finger glitten über etwas Kaltes- Weiches... es fühlte sich
an wie.... Kleidung!... Und....

Wenn jemand sagt... das Gallenflüssigkeit nicht ratsam ist aus zu kotzen...
vor allem wenn es keine Flüssigkeit in der Nähe gab die man trinken könnte... um dem Rachen und all den anderen Wegen vom Magen bis zur Kehle
Genugtuung zu verschaffen... dann sollte man unbedingt darauf hören!!!
Ich keuchte und würgte meine Eingeweide hinaus... nicht wirklich... aber
das Gefühl war täuschend echt!
Es konnte nicht sein... ich wollte es nicht glauben... Arving was hast du
getan? Dieses Szenario hatte ich kurz zuvor schon mal gesehen... jetzt
nur ertasten... Und was immer ich begreifen sollte... In diesem Moment
wurde mir nur Eines so gut es noch ging bewußt... Ich ertastete mir meinen Weg nach draußen... über toten Körpern!...

Ob generell Menschlich oder auch Anderes wollte ich nicht wissen.
Und ich war auch mehr als dankbar... daß ich kein Licht besaß!
Das kein Licht mir den Weg nach vorne beleuchtete... Warum hatte er
mich in dieser Hölle ausgesetzt? Warum war er so pervers in seiner Art
des... Quälens?
Die erste Behausung fiel mir ein... in der ich ihn zuerst gesucht hatte...
und instinktiv mich an die Vorstellung klammerte... das dort eventuell...

„gewisse" böse Rituale stattgefunden haben könnten... Oder andere Dinge die ich ebenso wenig wissen wollte! Das war einfach nur grauenhaft gewesen... und nun hier auch....?!

Meine Finger ertasten einen Rand und ich zog mich in einen weiteren Gang an dessen Ende ein schwaches Licht zu erkennen war.

Meter für Meter schleifte mein Körper über den Boden... Jeder Knochen schmerzte... meine Kehle war trockener als eine Wüste bei 40 Grad Sonnenschein. Innerlich fluchend beschwor ich die allerletzten Reserven.

Ich zog mich weiter einem Licht entgegen... einem kleinen Funken weit vor mir... Eine gemauerte Wand in die ein Loch gestemmt war... ließen mich meine Augen erkennen.

Er hatte eine Wand eingerissen... die wie mir bewußt wurde nicht ohne Grund existiert hatte... und mich in eine Kammer mit Leichen abgelegt... er ließ mich in der Dunkelheit... zurück...

Irgendwie kamen die Worte aus mir heraus... mehr krächzen statt Sprache...

„Ich komme Arving... ich komme! Ich weiß nicht ob ich noch etwas an Kräften mobilisieren kann... das... das ist das schlimmste was du mir je angetan hast! Ist es das? Sollte ich das begreifen... das Du... ein perverses krankes Monster sein kannst?"

Keine Ahnung wie lange ich den Weg entlang gekrochen bin. Immer und immer wieder diese Worte aus mir heraus prügelnd... bis ich sie nur noch in meinem Kopf hörte... Weil meine Kehle... Zunge und Lippen so zusammen gepappt waren das es wie eine Brennende Masse wirkte!

Wie lange mein Körper sich über den Boden zog... entkräftet... ausgelaugt in jeglicher Hinsicht.

Ich hatte ihn gesucht... war zu ihm gegangen um etwas zu erfahren... Antworten zu finden. Das was ich fand war schlimmer als alles bisher Gesehene oder Erlebte!!! Das war etwas das man nicht einmal wirklich wiedergeben konnte. Meine Wut stieg... mein Haß wuchs!

Ich stellte mir vor was ich ihm alles antun würde... wenn...

„Wenn du begriffen hast reden wir weiter"! Seine Worte hallten wie Kanonenschüsse durch mein Gedächtnis. Begreifen? Was denn begreifen? Das ich ihn offensichtlich nicht wirklich kannte... daß er trotz der Zeit die ich mit ihm verbrachte... ein Fremder vor mir war?

Tiefergehende persönliche Dinge hatte er nie preisgegeben. Nicht wirklich... Außer wenn er zu viel Latt getrunken hatte. Keine Ahnung woraus das Zeug wirklich bestand... aber es war höllisch stark und hatte einen leichten Nachgeschmack von Pilzen...

Er braute es irgendwie selbst zusammen... Irgendwo... genauso wie sein Met... ... ... Dann... hin und wieder verplauderte er sich um schlagartig knurrend das Thema zu wechseln... wenn er es bemerkte.

Wenn ich es mir jetzt so recht überlegte... hatte ich im Grunde nicht die geringste Ahnung wer er war! Aber war das ausreichend genug um Jemanden beurteilen... bzw. über Jemanden richten zu können?...

Das Licht wurde deutlicher vor mir... und tatsächlich... da saß er!
Groß und knorrig vor einem Feuer über dem... ein Hase schmorte...

Einmal noch...für ein paar aus der Seele kommende Worte...Las mich sprechen!

„Ich hasse dich Arving... und wenn ich meinen Körper richtig bewegen
könnte... würde ich dir an die Kehle springen!... WARUM???"...

Ich habe ihn noch nie so angebrüllt. Doch er rührte sich nicht weiter...

Legte noch einen Scheit in das Feuer und tat als wäre nichts geschehen!

Noch näher kroch ich heran... das Feuer direkt vor meinen Augen.

„Warum??? Warum tust du mir das an?"

Mit einem geringschätzendem Lächeln sah er zu mir...

„Du bist eine Frau! Und wolltest so tun als wärst du etwas anderes!

Ich hab so getan als wäre ich menschlich... Keule oder etwas vom Rücken?"

„Was?"

„Ich fragte Keule oder etwas vom Rücken... Du mußt ausgehungert sein!

Nach allem was du von dir gegeben hast und der Tatsache... das der Fußboden... dein engster Freund zu sein scheint... solltest du etwas essen!...

Vielleicht etwas trinken? Deine Kehle muß wie Höllenfeuer brennen...

deine Lippen sind schon ganz... aufgerissen!... Essen?... Trinken?...

Um wieder zu Kräften zu kommen... Du möchtest mir doch an die Kehle
springen oder???... Das wird in diesem Zustand wohl nichts werden! Das
war schon immer dein Problem... Iß was! Dann können wir uns gerne in
Stücke reißen!"

„Du elende Ausgeburt einer räudigen Hyäne... du!... Du hast mich in eine

was auch immer... diese Kammer darstellen sollte... abgelegt!

Bist gegangen! Verdammt ich bin über Leichen gekrochen... hab mir die Galle ausgekotzt...und du bietest mir jetzt etwas zu Essen an??? Scheiße... wer oder was bist du überhaupt? Das du so emotionslos daher redest! Du willst das ich zu Kräften komme... um dir besser an die Kehle springen zu können?! Na schön bitte ... dann esse ich erst was! In was für einer Welt bin ich gerade... ist das alles real oder ein Albtraum?"...

„Setz dich und iß!!!... ... Ich erwarte nicht das du es verstehst... aber der Umstand das du hier bist... das du es geschafft hast hierher zu kommen. Das erste Mal... und nun zum zweiten Mal dein Drang zum Überleben... dein Wille ist noch immer ungebrochen! Das war alles was ich wissen wollte. Du bist keiner von den Totläufern da draußen geworden... All die Jahre mit ihnen und du bist stark in deinem Willen wie eh und je! Es tut mir in keinerlei Weise leid daß ich dir das angetan habe!... Es war notwendig damit du begreifst!!!"...

„Begreifst?... Was denn begreifen? Das ich dich falsch eingeschätzt habe? Das ich nicht weiß mit wem ich es zu tun habe? Was... Wer?... Diese toten Körper...?!..."

„Nahrung!.. Und du hast Recht... du hast nicht die geringste Ahnung von mir! Ich sagte doch ich hätte so getan als wäre ich menschlich. Genauso... wie du so getan hast als wärst du ein Mann... entschuldige! Ein „Krieger" Jedes Wesen hat seine Rolle und sollte sie auch akzeptieren verstanden!?"...

„Nahrung?... Was... was genau meinst du damit!???..."

„Sagen wir es so!... Du würdest zu Kräften kommen... es schaffen sogar eine Waffe gegen mich zu erheben... Einen Knüppel... Messer oder anderes kreatives. Du wärst nicht im Stand mich zu töten!.... Egal wie sehr du es auch versuchst... solange du nicht weißt wie! Denn es ist nicht möglich! Nicht auf die Art wie du es dir vorstellst!..."

„Aber... Warte mal... Nahrung? Was genau... Ich meine...!
Du Machst dich lustig über mich!!! Ja genau das dumme Weibchen vor dir das kann man ja so richtig schön in den eisigen Norden schicken nicht war...es verarschen!... Du ißt genau wie ich... da das Fleisch das du dir gerade in den Mund schiebst... das ist ja wohl eindeutig! Ich meine ich habe nie etwas anderes von dir gesehen...Das... das ist doch Hase oder?"...

„Wirklich na ja wenn du es sagst......So .... und du glaubst was du siehst?... Das was du zu Sehen glaubst ist dann deiner Meinung nach alles was du weißt oder zu wissen glaubst?! Dein Wille ist stark... doch offensichtlich hat dein Geist die Einseitigkeit der Zivilisation nicht überlebt... zumindest hat er gelitten! Sieh mich genau an... Glaubst du wirklich was du sehen möchtest?"...

„Ich verstehe nicht... ich...was genau hast du von denen gegessen?...
Und was esse ich hier?"...

„Oh wir fangen also wieder an zu denken. Beachtlich für eine Frau...!
Aber du bleibst zu lange bei ein und derselben Frage!!!"

„Das kotzt dich so richtig an nicht wahr?! Du reibst es mir ständig unter die Nase...Ja!... die Natur hat mir zwei Titten gegeben und meine Reproduktionsorgane liegen innerhalb meines Körpers... Pech wenn das ein Verbrechen für dich ist! Ich spiele jedenfalls keine Spielchen... ich gaukel dir nicht etwas vor... Ich bin so wie ich bin! Der einzige der damit ein Problem zu haben scheint bist du! ... Was auch immer du bist! Wer ist hier eigentlich der Heuchler? Du der sich hinter einer Maskerade Versteckst? Oder ich die so ist wie ich bin... oder so... Die... die einfach nur leben möchte? Jedenfalls habe ich dir nie etwas vorgemacht!!! Weißt du was?... Um ehrlich zu sein ist es mir scheißegal wer oder was du bist... oder vorgibst zu sein! Momentan habe ich andere Probleme! Oder bist gerade du mein Problem? Willst du mich vielleicht auch... deiner Nahrungskette hinzufügen und das Mahl das du mir bereitet hast ist meine Henkersmahlzeit? Aber ich ..."

„Und schon kommt diese Überheblichkeit wieder in Ihr durch! Aber nun gut wie sagtest du doch so treffend... Du bist so wie du bist!!! Sagen wir es wäre eine Henkersmahlzeit... wie du es nennst... Mästen vor dem Schlachten... ein interessanter Gedanke. Nur hätte es wenig Sinn... Da ich ebenso wenig im Stande bin dich zu töten- wie du mich nicht töten kannst!... Und wenn ich mich nicht irre dürfte dazu wohl niemand im Stande sein! Es sei denn... Oh nein...! Das findest du schon noch heraus... ...

... ... „rype"... ...

Sag mir nur eins... Hast du dich schon von deinem menschlichen Dasein verabschiedet?... Oder ist das genau der Grund warum du nach mir gesucht hast?..."

„Keine Rätsel mehr! Keine Spielchen Arving! Nur noch Antworten...Ok...?!"

„Auch wenn sie dir nicht gefallen?"

„Vor allem wenn sie mir nicht gefallen!!!... Was ist an meinem Bauch...
was kriecht da in meinen Körper?..."

„Trinken wir was!... Dann ist sie leichter zu verdauen... deine Suche
nach Antworten!... ...

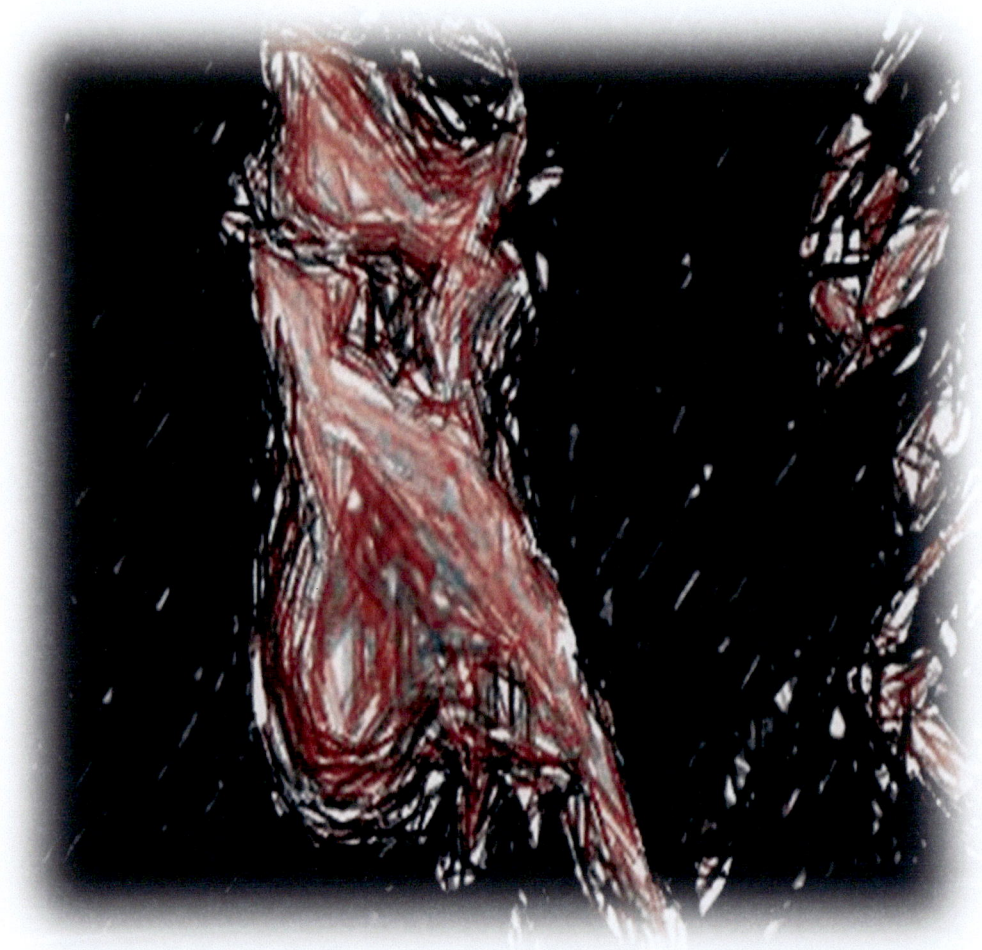

Die Macht der Vergangenheit... Der Dinge die sind wie sie sind!...

Da war er wieder... Arving wie ich ihn kannte. Der sich selbst als Erbe verstand... Der alte Arving den ich kennen lernte... so wie ich ihn damals erlebt hatte... Nicht diese fiese ständig hämisch grinsende Bestie in Menschengestalt!... Umgänglich mochte ich ihn.

Er reichte mir das Horn aus dem wir schon Damals tranken. Und natürlich war es Latt! Der Geruch von Pilzen und Wurzeln stieg mir schon beim Ansetzen des Hornes genau in die Nase. Es war Ewigkeiten her...

So stark hatte ich es gar nicht mehr in Erinnerung. Meine Kehle brannte erneut als ich es schluckte...

In einer Bar war man einiges gewohnt... nur dieses Gesöff...war mit Abstand das stärkste das man sich vorstellen konnte!!! Dem Zufolge brauchte man auch nicht sonderlich viel davon! Damals schaffte ich Drei... Schlückchen... danach war ein Tag Koma angesagt. Weil der Körper das Zeug erst einmal verarbeiten mußte... Oder besser gesagt das Latt legte sämtliche Körperfunktionen lahm!

„Und... was glaubst du... was da in deinen Körper kriecht?"

In der Hoffnung auf eine falsche Antwort... blickten mich diese tiefgründigen Augen an... die mich damals schon an den Rand der Verzweiflung brachten!

„Ein Auge!... Das in einer Holzschachtel lag... die ich versaut habe!...

Die Schachtel brannte nicht... Wasser war zwecklos... Kurz um... was auch immer all das Zeug darauf zu bedeuten hatte... und damit meine ich nicht das was ich verstehen konnte... das was ich nicht verstand jagte mir Angst ein!... Und deshalb dachte ich... ... ...

Warte mal!... Was meintest du damit... niemand wäre im Stande mich zu töten... und ob ich mich von meinem... menschlichen Dasein... verabschiedet hätte!...?"

Er sah mich an... so erwartungsvoll... die Antwort die ich suchte... sein Blick... Er wollte daß ich aussprach was ich schon seit geraumer Zeit vermutete!

Konnte es wirklich sein? War es so einfach... trug ich sie bereits in mir? Vom menschlichen losgelöst...niemand war im Stande mich zu töten...? ...

Ein weiterer Schluck aus dem Horn ließ meine innerliche Unruhe schwinden. Wärme erfaßte jede Faser meines Körpers... Mein Geist kreiste losgelöst von seinem Gefängnis neben mir wie ein Nebelhauch...

Arving kramte unterdessen in seiner persönlichen Habe. Deren Umfang in meinen Rucksack paßte... Immer wieder hörte ich ihn fluchen das er „Es" nicht fände und dann... wandte sich sein Blick in Richtung der steinernen Wände. Mit barschen Schritten ging er auf sie zu und tastete sie ab. In Anbetracht des Latt... konnte ich mich kaum rühren. Er hingegen war sicheren Schrittes... Wie stark er war... fast... übermenschlich!

Diese Intensität seiner Suche... als ob nichts und niemand ihn von seinem Vorhaben abbringen könnte!

Das Latt so merkte ich... begann bereits meine Sinne zu vernebeln...
furchtbares Zeug...!

Nach einiger Zeit seines Bemühens kam er triumphierend... mit eben wieder diesem hämischen Grinsen zurück und reichte mir etwas daß in sehr
stark verwittertem Ledertuch eingewickelt war. Zaghaft begann ich es
auszuwickeln. Mit gemischten Gefühlen betrachtete ich eine Ansammlung
von... Pergamenten oder der gleichen... die in einer fremdartigen Schrift
verfaßt waren. Fragend blickte ich ihn an.

„Was ist das?..."

„Die Legende!... Ein Teil davon!... Das was du gerade am eigenen Leib
erfährst. Niedergeschrieben vor mehr als... ... Sieh es dir genau an!
Und... du wirst verstehen...! Auch wenn die Sprache die sie niederschrieb
sich dir nicht erschließt. Sieh mit deinem Herzen... sieh mit dem woran du
glaubst! Die Wahrheit aus dem Verborgenen... hervorgebracht durch das
was du glaubst!

Sie ist wahr! Ich selbst brauchte... Ewigkeiten um zu verstehen!...

.....Ein Reisender... ein Suchender!...

Vor etwa zweitausend Jahren... fand ein Mann tief verborgen in den Regionen der Unteren Welt etwas... das dem Menschen selbst verborgen bleiben sollte! Ein Schiff brachte ihn zum Ausgangspunkt... sein Glaube führte ihn zum Ziel. Ob es ein Zufall war... oder das Resultat einer nie enden
wollenden Suche nach dem Wahren Sein... nach alten Legenden... ...
ist heute nicht mehr zu sagen. Doch das was er fand ließ die Flamme neu
entfachen... ein Lodern... ein Licht in der Dunkelheit sein!...

Tief in den untersten Regionen unter dickem Eis begraben fand er den Spalt... du weißt was ich meine... du hast es doch gesehen... in deinen Träumen!?...

Was sagtest du noch?... Ja! Du sagtest „Demoria Borga"! Nicht wahr?... Du hattest es damals von mir gehört... aber konntest dir noch keinen Reim darauf machen! Die Pforte zur Hölle wie ein Mensch es wohl nennen würde. Nur... was genau ist die Pforte zur Hölle??? ... ...

Sie ist uralt diese Legende von den alten Herrschern dieser Welt... die noch vor dem Menschen ihr Dasein bestritten... Die wahren Erben... dieses Planeten...

Von dem einen Herrscher... der so unzählige Namen trägt... das niemand mehr den einzig wahren kennt!... Der... der sich selbst und sein Volk in den Tiefen der Unteren Welt begrub... um einem Wesen das weitere Dasein zu ermöglichen... welches ihn so schändlich verriet und betrogen hatte!...

Es hätte wohl niemand den Worten eines Mannes Glauben geschenkt... eines einzelnen Suchenden... wenn er nicht einen Beweis erbracht hätte... welcher seinen Worten Bestätigung gab!

Ein Kopf in Felsen eingeschlossen... der Rest einer glorreichen Epoche... verendet im Blut dieses Planeten! Warum und wieso er... Diesen Teil davon herausschnitt... und ihn mit sich zurück trug... das weiß niemand...

Aber eine Legende wurde geboren und gleichzeitig verborgen!...

Denn die Kräfte die dieses kleine Stück Fleisch in sich trug waren unvorstellbar!

Glaubst du mir... wenn ich dir sage daß dieser Mann älter wurde... als es
naturgemäß möglich war? Glaubst du mir wenn ich sage das... das Leben
dieses Mannes erst endete als... der Beweis... dieses Stück Fleisch...
das aus irgendeinem Grund die Zeiten zu überdauern schien... sich nicht
mehr in seinem Besitz befand!

Er gab es freiwillig her... Oh ja so steht es geschrieben! Er gab es in
die Obhut eines Vertrauten der es fortan hütete... vor der Welt ver-
steckte! Wenn du mich fragst hatte der Mann von damals nicht genügend
Ausdauer um auf ewig in dieser Welt zu existieren! Vielleicht hatte er zu
viele Dinge gesehen mit denen er nicht zurechtkam!..."

... ...

Arving machte eine lange Pause... Er sah seltsam betrübt aus. Er kippte
die Flüssigkeit aus dem Horn als wäre es mit Wasser gefüllt!
Diese traurigen Züge kannte ich nicht an meinem ehemaligen Meister... der
mir beigebracht hatte sein Inneres vor seinem Gegenüber zu verbergen!
Offensichtlich fiel ihm auf das ich ihn so ansah und genau darüber nach-
dachte... und so setzte er sofort wieder zum Erzählen an...

„Unzählige haben danach gesucht... und ihr Leben gelassen diese Narren!
Weil sie etwas hinterher jagten... daß sie weder begreifen noch beherrschen konnten! Eingeschlossen in der Zeit hieß es... Doch die Zeit ist
nicht die Zeit an sich!... Vielmehr eine Art Vermächtnis!...
Du hast von einer Holzschatulle gesprochen... Schau dir dies hier an...
kommt es dir bekannt vor? Erkennst du es wieder?"...

Er deutete auf eine stark vergilbte Seite... die zusammen gefaltet zwischen den Anderen unzähligen „Pergamenten" lag...

„Es ist... das ist die Schatulle... das Holzkästchen... eine Zeichnung davon! Unglaublich! Noch vor kurzem hielt ich sie in meinen Händen. Ich bereue es ehrlich daß ich sie nicht mitgenommen habe. Sie liegt noch auf meinem Schreibtisch... im Schlafzimmer!... Meiner... na eben da wo ich... wohnte... aber sie ist eh...

Also wie es passierte weiß ich nicht aber... als ich sie mir ansah habe ich mich irgendwie daran geschnitten. Mein Blut hat das ganze Holz verschmiert... dabei waren weder die Kanten noch die kunstvollen Schnitzereien scharfkantig!... Und dennoch ist mir das passiert...! Das war alles was ich tat... ich sah sie mir nur an..."

Arving lachte... so inbrünstig das ich zuerst nicht wußte wie ich darauf reagieren sollte.

„Es... Es... ist dir einfach so passiert?... Trink noch was... das verspricht spannend zu werden!"

Er reichte mir das Horn und ich trank einen weiteren kleinen Schluck daraus...

„Geöffnet habe ich sie nicht... Nicht wirklich ich meine ich war nicht anwesend... nein! Ich war natürlich schon anwesend aber ich war nicht bei Bewußtsein... Verdammt! Ich hatte eigentlich geschlafen und muß sie wohl im Traum geöffnet haben oder so... Schau nicht so ich... ich weiß wie bescheuert das klingt aber... so war es... ich schwöre! Ich schwöre wirklich... Auch wenn mein Schwur so... wie sagtest du... ah ja... ...

klebt wie Honig!...

Als ich dann aufwachte am nächsten Morgen hatte ich dieses Ding an mir haften und weiß nicht wie... oder was ich getan hatte. Seit dem versuche ich ein Puzzle zusammen zu setzen. Seit dem plagen mich auch Visionen... irreal jedoch manchmal zum Teil auch verständlich... Ich... ich hatte gehofft da du...

.....

Zum Beispiel... ist da diese eine Vision von mir im heißen Wüstensand... Ob es wirklich heiß war oder nicht keine Ahnung... es... es fühlte sich so an... Gleißendes Licht brannte mir in die Augen... Und ich sah eine Gestalt die... nicht menschlich war... Sie legte sich über mich und..."

Ich unterbrach mich. Ich hatte plötzlich vergessen wer mir gegenüber saß. Gewisse Dinge sagte man nicht Jedem... und gewisse Dinge besprach man erst recht nicht mit einem Mann! So wechselte ich taktisch das Thema!

„Die Zeichen... von einem offenen Auge... ist es das? Warum gerade ich... ausgerechnet ich?..."

„Warum du? Warum irgendjemand!... Der dem dieses Fleisch gehörte... Das Wesen das sich opferte für den Menschen... Der Erdengott... Vater allen Lebens... der seinen Samen unbewußt gab um dies alles zu erschaffen!.. .Als dieser Planet geboren wurde... Wie ein Feld das man anlegt um zu ernten... nur er selbst wollte nie ernten! Mächtig und unbeherrscht schien seine Kraft... unbezähmbar für Jene die nicht wissen!...

Feuer aus der Tiefe geboren... Wasser des Lebens ohne dem keine Saat gedeiht... Erde stetig im Wandel der Zeit immer in Bewegung treibend...

... Sturm Wind Luft... welche die Saat über das Land wehen... sie vertei-
len und das Feld bestellen!...

Nur eines konnte er nicht beherrschen obgleich es ihm gegeben war. Hätte nur einer genügend Willen gezeigt es ihm gleich zu tun... wie anders
wäre wohl das Bild dieser Welt...

Die Legende besagt... der... der „Es" findet mit reinem Herzen und zuläßt
was es ihm offenbart... dem wird unvorstellbare Macht gegeben!...

Zu der Zeit da der Mensch seine eigene Stärke erkannte... verschloß man
die fremde Macht im Gefüge der Zeit umgeben von der Wahrheit...

Die Schatulle ist ein Gefäß... das zu öffnen niemand wagte... nicht einmal
im Stande dazu war!... ... Nicht im Bewußtsein dessen was man vor sich zu
haben glaubte! Und jeder glaubte etwas anderes... So war es schon immer
und wird auch immer so sein!

Dieser... Syrius?... Hat sie irgendwie... irgendwoher gestohlen...

Du brauchst es nicht zu sagen ich weiß es!... Macht wollte er und säte
den Tod unter seines Gleichen!...

Doch nur die Wesen die fähig sind Leben zu geben... diejenigen die reine
Energie freisetzen können... sollten im Stande sein das Rätsel der Schatulle zu lösen... um den Inhalt zu offenbaren! Geborene im Zeichen der
Elemente... in ihrer magischen Vereinigung!...So heißt es... so hat man es
überliefert! Elemente des Feuers... der Erde... Des Wassers und der
Luft... Warum glaubst du... hatte dieser Syrius ein so großes Interesse an
dir?... Damals als du zu mir kamst erkannte ich es gleich... dieses Fun-
keln in deinen Augen... Deine Wilde Leidenschaft die aus jedem deiner

Worte drang... Geborene... im Element des Feuers!... Schwer zu beherrschen oder zu zähmen... immer wieder aufs Neue... unberechenbar!

Du hast dir von ihm deine natürliche Magie nicht nehmen lassen... Du hast dich ihm verweigert so wie du dich mir..."

Arving stockte... hielt kurz inne... und wechselte das Thema!

„Sie sind alle tot nicht war?... Seine Huren mit denen er sich umgab... die bereitwillig um seine Gunst buhlten! Und zu blind waren um zu erkennen... diese wankelmütigen Elemente! ... Wer immer dir die Schatulle brachte... wollte entweder daß du sie öffnest... oder aber glaubte daß du sie verbergen könntest! Nicht bewußt aber doch mit dem Wissen das du das Werk vollenden würdest!"...

Da war wieder dieser Blick von ihm... der des Meisters der seinem Schüler eine Lektion erteilte und nun auf eine Resonanz hoffte!

Ich sah ihn nur an... wie ein Schüler der sich von seinem Meister eine Unterweisung erhoffte!

Er trank noch einen Schluck aus dem Horn wobei er mich nicht aus den Augen ließ... Schließlich gab er sein Hoffen mit diesem fiesen selbstzufriedenem Lächeln auf!

„Nun... du sagtest... dein Blut haftete an der Schatulle... Blut das du unwissentlich gegeben hast nicht wahr? ... Du Barn... wolltest vermutlich nicht einmal wissen was sich in ihr befand... und genau das ist des Rätsels Lösung!... ... Viele gaben ihr Blut wissentlich und haben damit den Inhalt genährt... Du aber bist Opfer und Täter zugleich... ohne das du es ahnen konntest... deshalb hat es dich erwählt... du hast der Versuchung widerstanden!!!

Neugier ist verführerisch... ihr nachzugeben kann jedoch zu Weilen tödlich sein! Ihr zu widerstehen jedoch zeugt von wahrer Größe... einem starken eigenen Willen!!!... Und so trittst du dieses Erbe an ob du es willst oder nicht... Du hast keine Wahl mehr... ein Zurück gibt es nicht!... Denn in dem Moment als sich das Fleisch dessen mit deinem mischte... bist du eine Verbindung eingegangen... die untrennbar ist! Und da dein Körper es nicht abgestoßen hat bedeutet dies... daß dein Fleisch und Blut mit dem anderen harmonisiert... wie man so schön sagt...

Und das verändert natürlich auch dich!... Wie weiß niemand... ich sagte ja schon daß sich die Legende bis heute noch nicht bewahrheitet hatte. Vielleicht nicht ohne Grund... vielleicht auch weil sich nur noch wenige für Wahrheiten und Legenden interessieren!

Egal... ich für meinen Teil weiß ich nicht ob ich dich beneiden... bemitleiden oder verfluchen soll! Aber eines ist gewiß... was auch immer mit dir geschehen wird... geht weit über deine bisherige Vorstellungskraft hinaus!... ...

Eines solltest du jedoch genau bedenken... Dieses Stück Fleisch... oder „Auge" wie du es nennst... will das du es als solches siehst... oder sehen möchtest!... Ist gleichermaßen ein Schutzschild den niemand durchbrechen kann der dir gegenüber Gewalt anwendet! Und zeitgleich betrachte dich als eine Art Waffe... und es liegt an dir wie du sie gebrauchst! ...

Und?... Ist die Antwort befriedigend... gefällt sie dir?... Helfen kann ich dir nicht... nur raten dich mit der Macht der „Waffe" vertraut zu machen... Wie bei einem neuen Schwert... Nur weil es gut in der Hand liegt... heißt es nicht daß du es auch führen kannst! Du kannst dich von Ihr leiten lassen... oder Du leitest sie!!!"... ... ...

Er war noch nicht fertig... das sah ich ihm an und so ließ ich ihm seine Pause... obgleich er sie wohl nur machte um meine Reaktion auf das Gehörte abzuwarten. Doch dazu fehlte es mir an einigem... vor allem wie ich eingestehen mußte... an Mut!

„Es ist eine wirre Fügung... „Sky"... Damals kamst du zu mir um etwas zu werden... wozu du nicht bereit warst! Heute kommst du zu mir weil du etwas geworden bist... das du nicht verstehst!... Aber du wirst es annehmen und verstehen müssen wenn du weiter in dieser Welt überleben willst!... Einen letzten Rat gebe ich dir noch... versuche nicht deinem Schicksal zu entfliehen... Nicht das du so schwach wärst deinen Glauben an das Leben zu verlieren..."

Er sah mich durchdringend an... musterte mich förmlich...

„Aber dennoch...! Egal wozu du fähig wärst dir anzutun um deinem Schicksal ein Ende zu setzen... Es wäre nicht möglich!... Jedoch was dein Schicksal... mit dir tun würde... wäre weitaus grausamer... wenn es erkennt daß du es verrätst!... ...

Ehre und achte das Geschenk das du empfangen hast... lerne damit umzugehen!!!... ...Ich werde nun weiterziehen... zulange war ich an diesem Ort. Vieles wird sich verändern... ich werde gehen und versuchen den

Sturm für dich aufzuhalten. Das ist alles was ich für dich tun kann. Verberge dein Geheimnis trau niemandem... vor allem aber... Versuche nie wieder... mich zu finden!!!"

Seine letzten Worte brannten in mir wie ein glühender Speer... Und mit diesem Schmerz legte ich mich auf dem kühlen Boden wie er selbst auch zur Ruhe.

Beharrlich Kroch die morgendliche Nebelwand über die Wiesen...und dem Wald. Die letzten Wählzungen bevor das Licht der Sonne den Schleier teilte und dem Grau des Morgens einen Hauch von Wärme verlieh. Beißend stechend grell kündigten sich die ersten Strahlen der Sonne an... teilten hartnäckig die noch schlafende Welt.

Ein Kampf der sich erhob zwischen Nebel und Licht... ein Tanzen der Strahlen und kriechenden fast flüchtenden Schatten. Geschlagen für den Augenblick ergibt sich das Schleierwesen dann dem Licht... das sich erhob... zu Füßen des Lichterzaren!...

Wir hatten nicht mehr geredet... es wäre auch sinnlos gewesen über das Für und Wieder nachzudenken. Manche Dinge sind ebenso wie sie sind! Genau wie die Tatsache... das wir es geschafft hatten das Horn mit dem Latt zu leeren... und ich ohne Mühe den Weg zurück aus dieser vergessenen Welt an die Oberfläche antrat. Arving begleitete mich noch bis zu dem Eingang in der Felswand.

Die letzten Blicke die wir uns noch zugestanden waren so bitter... wie die Gallenflüssigkeit... die ich auf meiner Suche nach ihm ausgekotzt hatte! Ich sah ihm nach als er hinter den Felsen verschwand und es überkam mich ein Gefühl von Wehmut. Wie damals als ich ihn verließ um ein Leben zu leben das ich eigentlich nicht mochte! Aber diesmal war es anders ich... ich wollte ihn eigentlich nicht... verlassen!...

Es brachte nichts seine Entscheidungen anzuzweifeln oder in Frage zu stellen... Ein Jeder tat das was er für das Richtige hielt... So lebte man in seiner Art... und Er... als das Letzte Urgestein einer im Sterben liegenden Welt!!!

Für mich begann mein Leben erst. Ich wurde neu geboren in eine Zeit... die keinen Raum für wahr gewordene Mythen und Legenden ließ. Er hätte mir nicht zu sagen brauchen... das ich mein Geheimnis verbergen sollte. Das hatte ich schon in dem Moment erkannt als ich an jenem Morgen blutend aufwachte... und dieses Ding an meinem Körper haften sah! Die Frage die sich in mir hoch drängte war nur... wie ich mein weiteres Leben... das wenn ich Arvings Worten glaubte sehr lange sein konnte... bestreiten wollte und wie ich denen gegenübertrat... die meine Feinde waren!

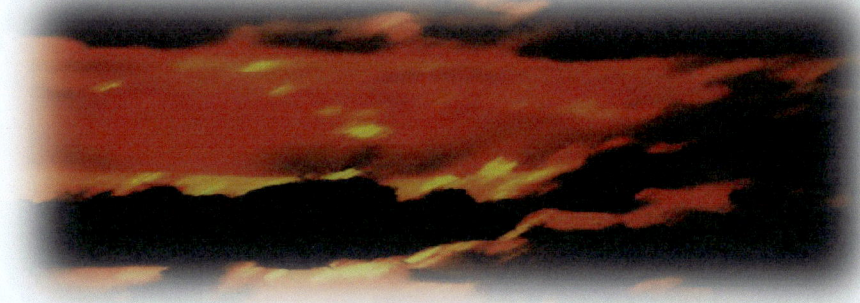

Neue Freunde alte Feinde

Drei Monate später...

3x2 und 7...8 ½... aber flott die Gäste warten los... los!

Es roch noch wie immer. Der Duft von unzähligen gerauchten Kippen...
deren Rauch sich wie eine Nebelwand auf alles und jeden legte. Wie immer
es auch Stian geschafft hatte sich diesen Status als Raucherkneipe im
sonnst Rauchfreien norwegischen Gastgewerbe zu erhalten...

Der Geruch an der Theke gemischt mit Bier... Der Dampf aus der kleinen Miniküche in der Minipizzen und diverse Einheimische Schnellgerichte
zubereitet wurden. Für all Diejenigen die bevor sie sich einen hinter die
Birne kippten... noch ihrem Magen etwas Gutes tun wollten... oder aber
denen die auf dem Weg den ein jeder so vor sich hatte noch eine kleine
Stärkung holten!

Die Gäste noch immer ein kurioses Sammelsurium von Musikern die etwas
darstellen wollten und Darstellern die etwas auszudrücken versuchten!

Und jenen die ihren Arbeitsalltag einfach nur bei einem gepflegten Bier
ausklingen lieben. Es war ein fast traurig freudiges Gefühl als ich meinem
ehemaligen Arbeitgeber gegenübertrat... in meiner dicken Pelzkutte deren
Haube tief in mein Gesicht hing...

„Einen 18 jährigen Glenlivet und ein Dunkles... min venn!"

„Bei... verdamm mich!... Bist du es leibhaftig?..."

Stian ließ das Glas das er gerade einschenken wollte fallen... es zersplit-
terte mit einem Krach auf dem Erdfarbenem Fliesenboden hinter der

Theke... Sein Gesichtsausdruck wurde bleich und freudig zugleich. Seine Hände krallten sich in den unteren Rand der Massivholz Theke!

„Sky!?...Ich... wir... es ging das Gerücht um das du tot bist!... ... Nicht das ich es geglaubt hätte... Du... du bist es wirklich?... Aber wo...?"

„Ja ich bin es min venn... Lebendiger als je zuvor! Ich bin nicht tot ich war... nur wieder auf der Suche nach mir selbst!... Du kennst ja das leidige Thema mit den Antworten... verzeih mir wenn ich... Es ist schön dich wieder zu sehen!

Ich habe eine schwere Zeit durchlebt aber jetzt... bin ich wieder brauchbar... ich denke die Dinge haben sich gefunden... verdammt... es tut mir leid! Bitte glaube mir ich wollte dich nicht im Stich lassen... Bei Odin und seinen Getreuen ich schwöre...!"

Seine Umarmung die meinen Worten folgte... war mehr als die eines großen Bruders oder Freundes. Es war mehr der freudige Ausdruck von Jemandem der etwas Kostbares verlegt hatte... ... ...
und nun endlich wieder in seinen Händen hielt!

„Komm... laß uns nach hinten gehen... hier vorne kommt man auch ohne mich zu recht... und... Du! Erregst zu viel Aufsehen Sky! Na los... komm!"

Sein Blick deutete auf eine gut aussehende Frau... die versuchte mit einem Tablett und Gläsern in den Händen... durch den Raum zu balancieren.

„Ja... das hab ich schon gesehen... du hast jemanden eingestellt! Sie... sieht nett aus! Ganz hübsch wenn man es sich überlegt... Das war zu erwarten das du dir Ersatz besorgst!... Heh... keine Angst ich werde nicht..."

„Was?... Um deinen Job betteln?... Bitte tue mir den Gefallen... denn sie ist grauenhaft! Was immer in den letzten Monaten mit dir geschehen ist... Solange du ein Tablett tragen kannst und Gäste bedienen... bist du sofort wieder eingestellt!... Egal was du dazu sagst!"

Ich weiß nicht ob es sein flehender Blick war oder die Verzweiflung in seiner Gestik... Er war für mich so etwas wie Familie... Jemand der einem alles verzeiht... egal wie viel Scheiße man auch gebaut hatte!

Natürlich sagte ich ja!... ... Und er fragte nicht weiter...

Er hatte in der Vergangenheit genügend Zeit gehabt mich kennen zu lernen und wußte das ich hin und wieder „komisch" sein konnte! Er wußte aber auch was er an mir hatte... und so... Begann ich schon am nächsten Abend wieder meinen Dienst im Pinnsvin... Schenkte Bier aus... spülte Gläser und flirtete mit den Gästen damit der Tabak gesichert war!

Stian war froh... das ich wieder da war und ich... war froh wieder zu Hause zu sein!

Alles ging seinen gewohnten Gang. Die Gäste kamen und gingen... die Angebote stiegen und fielen. Ich lebte wieder auf und vergaß meine Elementare Sorge! Es war wie ein Neubeginn ohne Altlasten... etwas... das im Leben nur... naja in 100 Fällen nur ein halbes Mal vorkommt! Aber das brauchte ich... etwas Normalität... etwas Greifbares das ich begreifen konnte! Es half mir mich selbst zu ordnen!

Von allen Gästen die kamen waren mir „die Jungs" am liebsten. Eigentlich Musiker die ihren Lebensunterhalt versuchten damit zu bestreiten... ihre Lebensphilosophie unters Volk zu grölen. Jeder der nun zu weilen behauptet das Metall in diesem Fall Black Metall nur stumpfsinniges Gegröle sei... dem könnte ich um es höflich auszudrücken in den Hintern treten! Denn es ist eine einzigartige legale natürliche Art in dieser Welt... sich den Frust von der Seele zu schreien!

Nein... die verschiedenen Ansichten wenn man sich nur die Zeit nimmt um Ihnen zuzuhören... sind gar nicht so verkehrt! Manchmal sogar philosophisch ausgereift. Das sind keine Spinner die Krach machen und jedem die Kehle aufschlitzen wollen der sie nur schief ansieht oder etwas gegen ihre Ansichten sagt... so was Banales!!! Das sind Menschen die aus ihrer logischen und tiefsten Überzeugung heraus handeln und agieren. Aus traditionellen Werten heraus ein Weltbild erhalten... das sich manche nicht einmal in ihren kühnsten Träumen trauen würden zu erhalten... oder ihr Leben danach zu gestalten!...

Ich stellte fest... das der ein oder andere „der Jungs" sogar bereit war für seine Überzeugung in den Bau zu wandern... um als mißverstandenes Individuum hinter gesellschaftlichem Stahl zu verrotten! Ich möchte hier nichts beschönigen nur... ist es wirklich so falsch genügend Arsch in der Buchse zu haben um zu sagen „bis hier her und nicht weiter!?...

Es gibt viele von ihnen und ich habe viele gesehen... und mit einigen sogar das ein oder andere Glas gekippt. Nette Jungs wirklich. Und jeder der was anderes behauptet... dem schicke ich ein kleines Erdzittern! Rein metaphorisch natürlich.....!

Meine Lieblinge waren... manche würden sagen „von der schlimmsten Sorte"... Mit Vorsicht zu genießen durch und durch. Die Kreuzheuchler würden hier schreien „Hilfe Satanisten!" Oh Gott... wie innovativ!

Manchmal saßen „die Jungs" Stunden um Stunden und ersäuften ihren Kummer mit der Zivilisation... für wahr... sie kann wirklich deprimierend sein! Und hin und wieder kam es auch vor... daß ich die ein oder andre Rechnung ganz ausversehen natürlich... ... persönlich beglich! Weil sich doch individuelle Auslebung nicht mit kommerziellen Einnahmen deckt!

Es war einfach toll...die schönsten Wochen seit langer Zeit. Wochen gezeichnet von Harmonie... dem einzig wahren Realismus mit Erkenntnissen und Vorstellungen in der Reinform. Jeder Menge lustiger Menschen und wirklich guter Musik!!!

... ...

Der Winter begann sich auszubreiten... überzog das Land mit seinem kalten Hauch. Der eisige weiße Mantel glänzte verführerisch in den wenigen Stunden des Tages und im Schein des Nachtmondes. Und auch in Stians Kneipe merkte man den Wetterumschwung. Jedes Mal wenn die Tür sich öffnete wehte ein klirrend kalter Luftzug in die warme Stube... die von einem imposanten Kachelofen im Dauerbetrieb beheizt wurde. Scheit um Scheit verglühte in den lodernden Flammen und nicht selten kam es vor... daß ich Frostbeule... auf dem Ofen saß um mir den Hintern zu wärmen.

Sagen wir eine kleine Kindheitserinnerung wie Angewohnheit... die ich zu weilen gerne praktizierte...

Im Haus meiner geliebten Großeltern gab es auch Kachelöfen die durch ein Klappensystem mehrere Räume beheizten. Und wenn ich vom Schlitten fahren kam standen die Schuhe mit Zeitungspapier ausgestopft neben dem Ofen... die Teekanne in einer Öffnung die oft zum Warmhalten von Speisen benutzt wurde... und es gab keinen schöneren Ort im Wohnzimmer als auf dem großen Kachelofen zu liegen um sich aufzuwärmen!! Diese Wärme tat so gut und kroch bis in die kleinste Faser des Körpers hinein!

Die Gäste im „Pinnsvin" hatten sich mittlerer Weile an diesen Anblick gewöhnt.

Manchmal versuchte ich mir vorzustellen wie es auf sie wirken mußte... wenn so ein kleiner Zwerg wie ich... dort oben auf dem wärmenden Podest thronte und auf sie herunter blickte.

An einem Abend Mitte Dezember saß ich wieder mitten unter ihnen. Es hatte sich in der Zwischenzeit herum gesprochen... daß ich ein umgänglisches „Kerlchen" war... mit dem es sich auch ganz gut feiern ließ! Natürlich gab es an diesem Abend wieder das eine Thema. Das Leben und was es alles ausdrücken könnte... Obwohl der Ein oder Andere es eher als die „Irrwege" zum Nirwana bezeichnete. Das dritte Bier und etwa 2-3 Kurze waren geleert... da kam ein Gast in die Stube der mir zwar nicht bekannt war... aber den Geruch den er verbreitete... den kannte ich gut!!!

Ein Duft von Agarholz- Nelkenblüten- verschiedenen chinesischen Gewürzen und Zimt. Unverkennbar!...
Eine Zeit lang atmete ich selbst diesen Duft täglich ein...!
Und eigentlich mochte ich ihn... sehr sogar... Aber nun kamen mir Zweifel...
„Du bist Sky nicht wahr?... Ich habe von dir gehört... dich aber noch nie zu Gesicht bekommen... der Beschreibung nach... gibt es wohl keinen Irrtum! Und ich denke du weißt auch genau warum ich hier bin!..."...
Dieses abschätzende Lächeln... das Glitzern in seinen Augen verriet nichts Gutes! Meine Vergangenheit... sie holte mich nun doch endlich ein!

Mittlerer Weile seit meinem wieder Auftauchen war ich in die kleine Kammer über dem Pinnsvin eingezogen... die Stian für gewöhnlich als Lager für verschiedene Dinge nutzte. Meine alte Wohnung wurde nach meinem ersten „Verschwinden" von der örtlichen Polizei erst gesperrt...
(was in Anbetracht des Horror Szenario Blutbades... kein Grund für Verwunderung war)... und dann von meinem Vermieter wieder neu vermietet. Also bezog ich die kleine Kammer und hatte einen Arbeitsweg von einer Minute.
Die Damentoilette war mein Bad um die grundlegendsten Waschbedürfnisse zu befriedigen. Ein heißes Bad? Das war Monate her! Aber was wollte ich... es reichte mir. Meine Einstellung zu Komfort und Luxus hatten sich wieder einmal merklich geändert! Ich dachte darüber nach was ich besaß und hatte... während ich die Bestellung dieses Gastes entgegen nahm.

Er wollte ein Bier... daß er so hastig trank... das man hätte meinen können eine Stoppuhr ticke hinter ihm. Ich sah ihm dabei zu und musterte ihn.
Typische Kleidung... schwarz natürlich. Das lange Haar akkurat zu einem
Zopf im Nacken gebunden. Sehr gepflegtes Äußeres... sogar sein Bart
war Millimeter genau gestutzt und das einrasierte Muster hatte die Form
eines keltischen Knotens. Er sah im Ganzen so aus wie jemand der bevor er
in die Öffentlichkeit ging... genau in den Spiegel sah und vor diesem wohl
auch viel Zeit verbrachte!

Unverkennbar... ein Schakal von Syrius!

Ich hatte mich schon gefragt wann seine Bluthunde bei mir auftauchen
würden... Nun war es Fakt! Einer von ihnen saß genau vor mir und grinste
in einer kalten Art... die Vorsicht walten ließ!

„Ja... ich bin Sky! Und ich weiß weswegen du gekommen bist... bringen
wir es also hinter uns!"

Die übrigen Gäste... meine Freunde... blickten mich verständnislos an...
Aber ich war ganz ruhig und gefaßt... Ich wußte was mich erwartete!
Aber ich wollte nicht... daß sie sich sorgten oder... einmischten! Also
kamen sie meiner Bitte zu Gehen nach... ...

... ...

Schon am ersten Tag meiner „Wiederaufnahme" bei Stian hatte ich Vor-
kehrungen getroffen. Da war dieser Umschlag den ich Stian in seinem
Tresor deponieren ließ... auf den er mich nie wirklich ansprach... aber er
genau wußte das er ihn öffnen mußte wenn... Ja wenn die Zeit gekommen
war!

All das was ich noch besaß... samt meinem Lohn den ich bis dahin angesammelt hatte... sollte Stian gehören. Der Code zu meinem Schließfach bei der Bank samt der Vollmacht befand sich in dem Umschlag.

Denn Stian war einer der Manschen der zwei Chancen gab... auch wenn der... der sie in Empfang nahm wußte... das es nur geborgte Zeit war!

„Also dann... laß mich meine Gäste noch verabschieden und den Laden schließen... dann bin ich bereit!"

Die Gäste gingen auf meine Bitte hin ohne ein Wort zu fragen. Vielleicht spürten sie etwas... vielleicht waren sie auch nur zu höflich um Fragen zu stellen. Aber eine halbe Stunde später saß ich mit dem Bluthund alleine in der Stube... trank ein Glas leer und streckte ihm meine rechte Hand entgegen. Es war ein kleiner leichter Stich kaum spürbar... wie von einem Insekt... aber die Wirkung war tausendfach!!!

Der „Fingerpigg"... Ich kannte ihn vom Sehen her... Syrius zeigte ihn mir einmal... aber zu spüren bekam ich ihn glücklicher Weise selbst nie... bis zu diesem Abend!

Der „Fingerpigg"... ein Gliederring an dessen Spitze sich eine hauchdünne Nadel mit einer Giftpatrone befand... dessen Inhalt ein starkes schnell wirkendes Betäubungsmittel enthielt. Standardausrüstung eines jeden Bluthundes!

Dann war es soweit... das Sedativum breitete sich in meinem Körper aus. Erst angenehm warm... dann streckte es mich nieder. Aber ich ließ es zu... die vielen Wochen an Vorbereitungszeit sollten nicht umsonst gewesen sein!

Der einzige Weg... ich mußte so tun als verliefe alles nach Plan!

Ich wußte er würde mich nicht anrühren... das würde sich der Bluthund nicht trauen! Syrius Rache wäre grauenhaft gegenüber dem der mich anrührte... dessen konnte ich mir sicher sein... Nein dieser Bluthund war darauf abgerichtet Befehle zu befolgen...! Er... würde mich geradewegs zu Syrius bringen... also warum sich wehren. Es würde mich nur verraten... und meine Trumpfkarte wollte ich nicht preisgeben... noch nicht!

Ich pokerte... obgleich ich dieses Spiel nie wirklich verstanden habe. Aber irgendwann im Leben ist jeder einmal gezwungen zu bluffen!

Gibt es nicht für alles ein erstes Mal?

Er verstaute mich behutsam im Kofferraum seines Autos. Wir fuhren eine Weile... dann wurde ich umgeladen in einen... Sarg.

Ohne Zweifel... viel zu klischeehaft... und vermutlich ein Vorgeschmack auf meine Bestrafung.... der „Sarg" enthielt jedoch großzügiger Weise Bohrungen zur Belüftung. Aber sehen konnte ich durch sie nichts.

Da war kein Licht... nur dieses Geräusch das mich an Schiffsmotoren erinnerte. Und es war kalt... klirrend kalt!!!

Einmal Hölle und zurück...

„Du hast sie also gefunden... Megler!... Lang ist es her da ich... dieses
kleine Miststück das letzte Mal sah... Bereitet alles vor... jetzt ist
alles komplett! Das Holzkästchen aus ihrer Wohnung und Sie... verräteri-
sche kleine Schlange! Ich will das alles perfekt wird... denn heute ist die
Nacht in der wir unser Ziel endlich erreichen... nicht war meine kleine
Sky?... Geh Megler sag den anderen Bescheid... wir fangen bald an!"
Etwas stach mich... der Schmerz war heftiger als der vom Fingerpigg und
dann... war ich wirklich für eine Zeit lang weggetreten...
Arving hatte gesagt... hatte er mich angelogen?... Er sagte doch daß
dieses Ding an meinem Bauch mich schützen würde!... Warum war ich denn
jetzt... ... ...

Das Bild das sich mir bot war lachhaft... als ich meine Augen wieder öffnete! Zum ersten Mal dieses Show Gehabe. Ich war in einer Höhle die von
unzähligen Kerzen und Fackeln ausgeleuchtet wurde. Soweit noch normal...
Kadaver von Tieren lagen zur einen... lebende Tiere standen zur anderen
Seite es waren Ziegen... Schafe und Widder hatte man geschlachtet nur
fehlten da die Köpfe! Mich... hatte man an ein Kreuz gebunden... die Seile
schnitten in meine Handgelenke. Es war so klischeehaft das ich am liebsten
laut losgelacht hätte.
Das konnte Syrius also auch gut. Im Punkte dieser Inszenierung war er
ein Genie gewesen! Nur hatte er es bis jetzt nie so übertrieben...

Zwischen all den Gerüchen die durch die Höhle zogen war da noch ein anderer... stärkerer den ich nicht beschreiben konnte. Urnatureller wenn man es so sagen konnte... und das gab mir zu denken... Denn er verriet mir... daß ich mich noch auf „Norwegischem Grund" befand!

Ja das gab mir zu denken... oder auch nicht wirklich!

Syrius war nie sonderlich begabt darin gewesen selbst Mythen und Legenden zu deuten. Dafür hatte er stets seine Leute... Deshalb hatte er mich damals ja auch so in sein Herz geschlossen. Er wußte daß er mich brauchte... aber er wußte nicht das ich ihm um Längen voraus war!

Was ich mir natürlich nie anmerken ließ. Er glaubte woran er glauben wollte und setzte dies in die Tat um... oder versuchte es zumindest...

Als nun die ersten der „Gesellschaft" eintrafen... schloß ich meine Augen wieder und tat als würde ich schlafen. Aber meine Augen wie mein Geist waren hell wach... Durch einen schmalen Schlitz blinzelte ich hindurch. Etliche kamen... so um die Hundert vielleicht auch mehr. Sie versammelten sich alle in der Höhle und starrten in gespannter Erwartung zu mir herauf. Und oh Wunder sie trugen schwarze Kutten und Masken von Tieren. Da waren Stiere- Hyänen- und meine geliebten Wölfe und... die Köpfe der Schafe und Widder tauchten wieder auf... und bewegten sich zwischen den Reihen...

Schlachttiere unter Raubtieren?... Ein Schaf neben einem Wolf?... Das war so peinlich!!!...

Einige wenige trugen auch Masken mit Schnäbeln wie von Vögeln... nur grotesker.

Die Höhle schien unendlich groß zu sein...ich will nicht sagen Tropfstein artig... obwohl es eine passende Beschreibung wäre.

Beeindruckend allein vom Anblick her... ein Paradies für Höhlenforscher zweifellos... jetzt zu einer Karikatur getrimmt! Was für eine Verschwendung! Kalt und eisig kroch es durch sie hindurch... und mich beschlich ein Gedanke ich müßte mich im höchsten Norden des Landes befinden... dort wo die ewigen Eisfürsten waren... ...

Ein monotoner Klang aus einem Horn verriet den Anfang des Spektakels. Und ein Raunen unter den Anwesenden kündigte die Ankunft des Leaders an...Syrius!

Er hatte sich heraus geputzt wie ein Pfau und stolzierte triumphierend daher... Mit weit ausgebreiteten Armen so als ob er der Weisheit letzten Schluß in sich trüge... Er trug weder eine Maske noch anderen Zierrat... und dennoch sah er anders aus. Sein Haar glänzte und war straff im Genick zu einem Zopf gebunden ... Sein nackter Oberkörper glänzte im Schein der Kerzen und Fackeln. Er wollte das man ihn erkennt... er wollte das jeder sah wofür er sich hielt! Und ebenso selbstherrlich fing er mit seiner Rede an...

„Brüder... Schwestern!... Dies nun ist die Nacht auf die wir gewartet haben!... Der Augenblick da sich die Wahrheit offenbart. Es ist wahr... die Legenden lügen nicht... dies ist der Ort an dem unser aller Vater seine letzte Ruhe fand... gemeuchelt im Geiste von den Ungläubigen... gerissen aus der Zeit!...."

Ein wütendes Geraune ertönte unter den Anwesenden.

„Nun da wir hier versammelt sind und sich die Weissagung erfüllt und das Opfer bereit hängt... Senkt euer Haupt zu Ehren des „Einzig Wahren"... dessen wir gedenken... hier in dieser glorreichen Nacht! Weder Gestirne noch Zeichen wiesen uns den Weg... nur die Erkenntnis läßt die Kräfte in uns frei... die nötig sind um den Funken in eine Flamme zu wandeln!..."

Er machte eine Pause... die Menge ließ ein zustimmendes Raunen von sich hören.

Reden... ja das konnte er!... Er hörte sich gerne Reden... vor allem aber hörte er gerne wenn er in dem was er sagte von anderen Bestätigung erfuhr! Wie ein Diktator stand er da und die Menge jauchzte auf vor freudiger Erwartung... Er schritt zu einem aus Steinen aufgetragenem Altar. Seine Hände streiften über ein Tuch das etwas verdeckte... Als er schließlich das Tuch entfernte jauchzte die Menge wieder auf. Und er genoß es... er genoß jeden einzelnen Moment ihrer Freude!

„Seht her... dies ist das Werkzeug... Die Hülle in der die Wahrheit schläft... Und das Opfer wird sie nähren... wird die Pforte öffnen und freisetzen was man vor so unendlich langer Zeit dem Wesen Mensch nahm! Das Blut des Opfers soll sie weihen!!!..."

Die letzten Worte die er schrie hallten an den Höhlenwänden wieder... und ebenso war das Echo der nun aufgehetzten Menge die seinen letzten Satz immerfort wiederholten. Er beschwichtigte sie mit der Gestik seiner Arme...

„Geduld... Geduld meine Brüder und Schwestern... vorerst... muß das Opfer vorbereitet werden! Seht da hängt es... schlafend ... unschuldig... an dem Symbol des Verrates geknechtet und schon bald zur Strafe...“... —gefickt—... Dieses Wort hauchte er nur!

Wieder ein Raunen in den Reihen. Meine Augen die nur durch einen hauchdünnen Schlitz... verborgen von meinen Wimpern sahen... schlossen sich wieder ganz... denn er kam noch näher an mich heran. Und ich wollte mich nicht zu früh verraten daß ich all dieses Geschwafel mitbekam!

Oh Syrius... du Ausgeburt an primitivem geistigen Verstand! Als wir uns näher kennen lernten prophezeite ich dir... deine Gier würde dir eines Tages zum Verhängnis werden... Heute trete ich den Beweis an!...

Er trat an mich heran mit einer Selbstsicherheit die ihres Gleichen suchte!... Dieser Geruch den er verbreitete... es muß dieses Öl sein mit dem er sich eingeschmiert hatte!... Dieser Geruch war viel zu streng... fast beißend!... ... ...

„Du schläfst den Schlaf des Todes mein kleiner... scheuer... Engel... Heute Nacht kannst du dich mir nicht mehr verweigern! Gebunden an das verhaßte Symbol werde ich deinen Körper nehmen... und dein Blut dem „Einzig Wahren“ weihen! Ich werde so tief in dich eindringen... bist du keine Geheimnisse mehr vor mir hast! Wie lange habe ich diesen Tag ersehnt!... Nun da du das Opfer bist... ist es mir umso mehr ein Vergnügen

dich zu nehmen! Es wäre mir persönlich zwar lieber du könntest dich wehren... aber ich will in Anbetracht der Dinge die noch geschehen werden
nicht wählerisch sein!... Wie schön du bist... zart und verführerisch... Ich
will dich!... Ich wollte dich schon immer! Je mehr du dich mir verweigert
hattest... umso mehr wollte ich dich!... Bekommen habe ich dich nie... und
genau das macht es jetzt nun so perfekt... Genieße den erhabenen Moment
meiner Gunst... und wenn ich mit die fertig bin... was dauern kann!... Denn
ich werde mir viel Zeit lassen... bis der letzte Tropfen... deinen Körper
verlassen hat...Das Heiligste das du zu geben hast... für das Heiligste
aller Rituale!... Dann...dann werden... meine Schakale ihren Spaß haben!
Dein Blut wird seine Bestimmung erfüllen!!!... Niemand entkommt meiner
Macht... niemand entzieht sich meinem Kreis... Geborene des Feuers... Du
gehörst mir und ich fordere mein Recht ein!... Wenn du tot bist... bist du
wieder frei!!!"

Wie konnte ein Mann nur so selbstüberzeugt- selbstherrlich- und pervers
zugleich sein?
Oh Syrius... Ich hoffe nur ich kotze dir ins Gesicht... Denn die Übelkeit
steigt in mir genauso empor... wie die Erregung in dir!
Blah... blah... blah... Du hast dich nicht geändert! ... In deinem Leben
gibt es keine persönliche Evolution... die hast du vor Jahren weg geheu-
chelt. Sieh dich an... in deinem Selbstherrlichen... theatralischem Aufzug
den du doch so verabscheut hast... Du bist nicht anders als die Kreuzheuchler die du verdammst. Versteckst dich hinter einer Scheinwelt...

hinter einer treu doofen Gefolgschaft... hinter blökenden Schafen... Dein wahres Gesicht hast du nie gezeigt! Traust du dich nicht zu denken... oder glaubst du wirklich an das was du tust?!

Du hörst mich nicht... nur beschwöre ich dich halte ein!... Tue es nicht um meines... sondern um deines Willen!

Doch er hörte nicht auf...Er redete und redete bevor er seine pseudo antiken Ritual Gegenstände auspackte... er genoß es!... Jede einzelne Sekunde die er mich demütigen konnte!...

Mein Oberkörper war fast bis zur Hälfte von oben beginnend entblößt... Noch immer wehrte ich mich gegen die Wut die in mir hochkam... wie ein Vulkan der nur noch eines wollte...Lava spucken!... Aber ein Pfropf verschloß den Krater.

Du bist das eine... aber all diese kleinen treu doofen Schafe die sich versammelt haben um ihrem Pseudo Messias zu folgen? Hunderte mehr oder weniger unschuldiger Leben... Halte ein Syrius!... Aus tiefstem Herzen schicke ich dir mein Flehen... halte ein bevor... bevor ich meine Augen deiner Welt öffne!

Er hielt die Holzschatulle mit der einen Hand hoch mit der Anderen etwas... daß in mir nichts Gutes ahnen ließ... und die Masse jubelte auf... Wie in einem Stadion in dem die Lieblingsmannschaft gerade ein Tor geschossen hatte!

Eine spitze Klinge fuhr an meinem Hals entlang... und noch immer wehrte ich mich nur innerlich... Hielt es zurück... ließ das Unvermeidliche geschehen... ertrug seinen Hohn und Spott der sich über mich ergoß wie das Finale in einem Porno! Heftig und unbeirrbar war sein Vorgehen. Seine Hand die an meinen Schenkeln entlang glitt als wären sie eine Landkarte... auf der er nach einem Weg in die neue Welt suchte. Ich ertrug es... schluckte seine Widerlichkeit... noch...! Die Schnalle meines Gürtels die er aufschnitt. Er war bereit... er war so weit es durchzuziehen... sein Atem verriet es!

Schnell und heftig wehte er mir entgegen. Sein Kopf... sein Gesicht dicht vor meinem. Triumphierend die Schnelligkeit seiner Finger die sich ihren Weg hinein zu mir bohrten. Noch immer wehrte ich mich innerlich gegen seine...schonungslose Attacke. Er war nicht mehr er selbst...

Alles was ihn bestimmte war... Gier...

Er war so blind oder falsch fixiert... hätte er sich nur genügend Zeit genommen mich anzusehen... Aber seine Gier stand ihm im Weg. Sonst hätte er erkannt... das nicht ich... sondern er das Lamm auf dem Altar darstellte!...

Ja ich spürte es... es brodelte in meinen Adern... es zehrte an mir innerlich wie äußerlich... es wollte zu seinem Recht kommen... nur mein Wille war stärker! Ich hielt es zurück... ließ mich nicht von der Waffe leiten wie Arving es mir sagte.

Mein Wille war Gesetz... und es geschah nichts... wirklich nichts ohne meine ausdrückliche Gewalt darüber! Selbstbeherrschung!...

Wie einfach dieses Wort doch klingt... doch inwieweit ist Selbstbeherrschung vertretbar?

Noch hatte er mir keinen Schaden zugefügt... nicht wirklich! Worte können zwar genau so verletzen... nur sind es eben Worte... solange man ihnen
keine Taten folgen läßt!!!

Denn es sind die Taten die sträflich zu behandeln sind... nicht Worte allein. Sagen kann man was man will... solange man es dabei beläßt und niemanden verletzt!

Ich kämpfte innerlich einen Kampf... den ich nicht sicher war zu gewinnen.
Arving hatte mich gelehrt Schmerzen zu ertragen... über den Dingen zu
stehen... Es verlangte mir viel ab... sehr viel!!!

Auch als die Klinge sich in das Fleisch meines Armes bohrte...
und langsam um 180° drehte... kein Schrei entfuhr meiner Kehle!...
Ich hatte die Augen fest geschlossen und ertrug diese Folter!

Wie weit gehst du Syrius?... Das fremde Fleisch an meinem Bauch begann
zu ziehen und jucken. Ich spürte daß meine Augen brannten und es tat gut
sie geschlossen zu halten.

Syrius Zunge fuhr in die gestochene Wunde... er labte sich förmlich an
meinem Blut. Dies war dann auch der Zeitpunkt an dem ich nicht mehr zu
sehen brauchte... ich sah es mit... meinem Geist... ich spürte was und wie
er es tat.

Seine klebrige Zunge tanzte über meine nackte Haut... umkreiste meine
Brüste... zog an meinem Hals entlang... während eine seiner Hände erneut
die Klinge tief in mein Fleisch tauchte... Er war brutal und gierig...

Ich spürte seine Zähne die sich an meinem Hals fest bissen und wie ein Tier daran zerrten... Dann ließ er von mir ab... seine Hände erhoben die von meinem Blut getränkte Klinge. Er drehte sich zu den schaulustigen Gaffern... die selbst... durch das sich ihnen gebotene Szenario in einen monotonen Rauschgesang verfallen waren.

Wie weggetreten schienen sie in ihrem Grunzen und Raunen mit einander konkurrieren zu wollen! Er lachte und höhnte weiter... spielte sich als Richter über den Verräter auf. Nur war ich das? War ich ein Verräter? Vom Gefühl her kam ich mir vor wie eine Hure... eine Hure auf der Schlachtbank die auf den unausweichlichen Tod wartete! Serina hatte Recht... es war nicht mehr viel humanes in seiner Tat... und versuchte in Anbetracht dessen was er mir antat... zu verdrängen was die anderen 17 durchlebt haben mußten... bevor er ihnen in seiner übermenschlichen Gnade den Tod gewährt hatte!... Ja... der Tod als Gnade... nicht Erlösung des Opfers von der peinigenden Qual...

Die Schaulustigen begannen mit ihren Füßen zu stampfen... Es begann in den hinteren Reihen und zog sich zu den vorderen durch. Sie wollten mehr... mehr von meinem Fleisch... mehr von meinem Blut! Er wandte sich mir wieder zu... sein Atem zog über mein Gesicht. Und ein weiteres Mal tauchte die Klinge ein... Nur diesmal bohrte sich die Spitze in meinen Hals. Nicht so tief wie die ersten zwei Stiche im Arm. Er war Perfektionist... er wußte... würde er zu tief stechen bestünde die Gefahr meines frühzeitigen Todes und den... den wollte er so lang wie möglich hinauszögern!... Genießen... auskosten jeden einzelnen Moment...

Halte ein Syrius! Ein letztes Flehen schicke ich dir... nicht um meines Willen!!!

Das Blut rann aus der Wunde an meinem Hals... warm und unaufhörlich bahnte es sich den Weg hinab. Bis zu dem Punkt... zu jener Stelle... an der ein fleischliches Überbleibsel den Platz meines Bauchnabels eingenommen hatte. Ein heftiger Krampf durchfuhr meinen Körper... den natürlich auch Syrius bemerkte und zwei Schritte zurück wich. Dieser Krampf war so heftig... das ich meine Augen nicht mehr geschlossen halten konnte. Ich blickte auf ihn und die anderen...

Doch es war mehr wie das Sehen durch einen Schleier der einem vor dem Gesicht hing.

Das Raunen und Grunzen... das Gelächter und Stampfen verstummte augenblicklich. Nur noch das Echo an den felsigen Wänden verriet die Intensität der Akteure. Einen Spiegel brachte ich nicht... ich ahnte welches Bild sich der entsetzten Menge bot. Das gleiche das ich vor Monaten in meinem Bad sah! Das Brennen in meinen Augen war so stark... das ich glaubte meine Augäpfel würden aus ihren Höhlen springen... So wie damals... als sie diese schwarz- rote Farbe angenommen hatten... die mich zu jener Zeit selbst noch beängstigte!

Ich atmete ruhig aber intensiv und schaute über das Spektakel hinweg. Die Gestalten mit ihren kunstvollen Masken... Syrius der neben diesem Steinaltar stand. Diese unzähligen Masken von Tieren die gleichen schwarzen Kutten... Eine Massenveranstaltung von klein geistigen Kreaturen die glaubten über jeden Zweifel erhaben zu sein!

Irgendwie war es mir als ob ich lächelte... Wie stand es doch geschrieben... "Vor dem Herrn sind alle Wesen gleich!" Für wahr! Nur wer war der Herr?...

Dabei war mir nicht zum Lachen zumute... geschickt verbarg ich meinen Schmerz. Nur die Wut die er erzeugte ließ ich diese Kreaturen erkennen... und dennoch war die Selbstbeherrschung die ich bewies... für mich selbst bewundernswert! Ich vertraute der Macht die mir gegeben war... mehr noch... ich war wissend und das setzte etwas frei... das nur wenige erfahren und doch jedem von Natur aus gegeben ist!...

Mein Blick fiel direkt auf Syrius... der sich nicht einen Millimeter von seinem Standpunkt gerührt hatte. Bleich und fahl war der Ausdruck in seinem Gesicht. Die Fragen die er sich in diesem Moment stellen mußte waren mir bekannt... nur die Antworten auf diese würden ihm nicht gefallen das wußte ich!... Aber ich würde sie ihn spüren lassen... so wie er mich seine Überheblichkeit hat spüren lassen!

Es gab nun kein Zurück mehr... er hatte ausgereizt was seiner Meinung nach das Richtige war... Fast wehmütig lag es auf meiner Seele... sollte er nun erkennen was ich für das Richtige hielt!...

„Derjenige der leben will... soll jetzt diesen Ort verlassen!"

Meine Stimme klang so deutlich in den felsigen Wänden wie ein Donnerschlag. Und es brauchte seine Zeit bis die gaffende nun offensichtlich
verstörte Masse begriff was ich sagte... daß ich etwas sagte! Im Ganzen
dreimal wiederholte ich beherrscht diesen Satz... bevor sich ein Teil langsam und sichtlich irritiert zurückzog und die Reihen sich lichteten. Der
Rest blieb weiter spottend und höhnend stehen. Der Warnung eines angeb-
lich... offensichtlichen Opfers wurde hier wohl keine Bedeutung bei ge-
messen... So sei es denn!...

Die Fesseln... stellten nicht das geringste Problem da... meine Handgelenke schmerzten zwar als ich mit einem kräftigen Ruck an ihnen zerrte
und sie mich freigaben. Aber dieser Schmerz war nichts im Vergleich zu
dem der mein Herz... meine Seele geißelte.

So sei es denn!...

Ein letzter Blick in die verbliebene Menge... ein letzter Blick auf Syrius...

Wehmütig verabschiedete ich mich... von meiner Menschlichkeit. Von all
den Hemmschwellen die meine Tat hätten unmöglich machen sollen!

Meine Augen schlossen sich... tief atmete ich ein letztes Mal ein... bevor... das Beben der Erde begann...

Ich stand nur da und dachte an all Das was geschehen war... und an Das
was hätte geschehen können... Ich konnte ihren Untergang riechen... sie
wollten die Pforte zu Hölle... ich öffnete ihnen den Weg dorthin... ließ
den Boden unter ihren Füßen erzittern!

Risse zu allen Seiten zogen sich durch die Höhle... die Wände waren wie

Pappmaschee. Sie kamen über sie... Steinbrocken um Steinbrocken brach über sie hernieder. Die Schreie derer die von den Felstrümmern begraben wurden... halten lang in meinen Ohren. Nur ich konnte... wollte nicht aufhören. Ich mußte diesem falschen Treiben ein Ende setzen!... Gewarnt hatte ich sie... und ihnen eine Wahl gelassen! Sie schlugen diese barmherzige Geste aus... nun denn... dann sollten sie sterben... begraben unter Tonnen von Geröll und Schutt... in ihrer selbst ernannten Halle des Wahren.

Sie hatten sich ihr Grab selbst gewählt und ich großherzig wie ich war gewährte ihnen gnädig den Tod...!

Viele versuchten noch ihrem Schicksal zu entfliehen... und einige schafften es auch zu entkommen. Ich kümmerte mich nicht um diese wankelmütigen Schafe... ich ließ dem Geschehen seinen Lauf! Es war nicht mein Fehler das ich als Frau in diese Welt geboren wurde... auch nicht das man meinen Worten kein Gehör schenkte... Ich für meinen Teil versuchte nicht mehr die Vorgehensweise der Natur in Frage zu stellen! Syrius und seine Getreuen jedoch waren so festgefahren in ihren Ansichten... wie jene... die sie versuchen wollten von ihrem scheinheiligen Podest zu stoßen!

Der Staub kroch in meine Lungen das Atmen fiel mir immer schwerer... ich bewegte mich nicht. Ich stand am Rande eines Höllenschlundes und sah wie Körper für Körper von herabfallenden Felsbrocken niedergestreckt wurde...zerquetscht wie eine Fliege zwischen zwei Fingern!

„Oh ihr wahren Sünder an dem Erbe der Natur... geht ein in ihren Schoß... Wer Wind sät wird Sturm ernten!... Ihr habt nicht nur gesät... ganze Felder habt ihr mit eurem Wahnsinn angelegt... Jetzt nun ist die Zeit der Ernte... Ich bin der Flug der die Felder neu umgräbt... Ich bin die Maschine die... die Spreu vom Korn trennt! Eure Leiber sind der Dünger... der dem Boden Nahrung spendet und den Weg für Neues ebnet!..."

Erneut überkam mich dieser Gedanke was es doch für eine Verschwendung sei!... Sie hatten ein jeder einen freien Willen dem sie hätten folgen können... einen eigenen geistigen Gedanken... das Denken an sich... dem sie hätten vertrauen sollen!!!
Ich war nur... das Werkzeug... ein...
„Wenn du weiter gehst schadest du dir!" Schild... Und trotzdem sind sie diesen Weg gegangen... Was für eine Verschwendung!!!

Das Erbe

Die Luft die durch meine Atemwege kroch war stickig und erfüllt vom
Tod. Ich wühlte und tastete mich durch ein Labyrinth von Schutt und...
Leichen! Ich konnte sie riechen sie lagen überall...

Wer einmal Blut gerochen hat... dem geht dieser Geruch nicht mehr aus
der Nase! Ich stolperte über ihre Körper... Überbleibsel einer fehl
gedeuteten Legende...! Zu sehen war nichts mehr... tiefste Dunkelheit
umgab mich... hüllte alles in ein grausiges Schweigen! Die Fackeln die
einst diese Höhle erleuchteten waren längst erloschen.

Instinktiv versuchte ich eine der Wände zu erreichen... mich an ihr voran
zu tasten... um so einen Ausgang zu finden!

Aber... hatte ich den Eingang nicht durch meine Tat verschlossen... und
bei meinem kurzen Schweifen vor dem Spektakel hatte ich nichts anderes
als diesen Gang erkannt. Unendlich sinnlos erschien mir mein Unterfan-
gen... Tonnen von Gestein verweigerten mir den Weg nach draußen... und
ich mußte erkennen daß ich nicht nur mehrfach gemordet hatte... sondern
mir selbst auch dieses Grab mit all seinen Beigaben errichtete!

Was hatte ich getan? Wer oder was gab mir das Recht dazu mich als
Richter über andere Wesen zu erheben? Hatten sie den Tod wirklich verdient? Es kam mir plötzlich so falsch vor... und gleichzeitig spürte ich
dieses Gefühl der Genugtuung! Keiner von denen die starben würden je
wieder einen Menschen wie Vieh zur Belustigung quälen! Und jene die
entkamen waren gezeichnet von dem was sie sahen und erlebt hatten!

Vielleicht dachten sie nun über das was sie selbst taten nach... welchem Leitbild sie folgten! Letztendlich nur ein Tropfen auf dem heißen Stein... aber ein Anfang der gemacht werden mußte!

Ja... ich bereute meine Tat!... Und je länger ich mich durch diese stinkende Dunkelheit grub... je mehr Zeit hatte ich... über meine eigene Verhaltensweise nachzudenken!

Ich wollte aus diesem Loch heraus... Übelkeit stieg in mir hoch... und die Frage drängte sich mir auf... ob ich nicht selbst auch meine Seele verkauft hatte?! Das meinte wohl Arving damit als er mich fragte... ob ich mich von meiner Menschlichkeit verabschiedet hätte?!

Ein Mensch war ich wohl nicht mehr! Ich war zu etwas Grauenerregendem geworden!...

Als wir uns voneinander verabschiedet hatten und ich den langen Weg zurück in die Zivilisation antrat... war ich mir nicht wirklich bewußt gewesen was mich erwarten würde! Wieso hatte ich so reagiert? Kausalität?... Ursache- Wirkung?... Aktion- Reaktion?

Und ich wünschte er wäre an meiner Seite um mir zu sagen... das die Dinge manchmal so sind wie sie waren... und das es andere Dinge gab die sich unserer Kontrolle entzogen! So unendlich vieles hatte ich noch zu lernen... es gab noch einiges das ich verstehen mußte... Je mehr diese Gedanken in meinem Kopf kreisten... je unerträglicher wurde die Last der Schuld die ich auf mich geladen hatte!

Der Mensch erwirbt im Laufe seines Lebens natürliche Hemmnisse die es eigentlich verhindern sollten... einem anderen Menschen zu schaden!

Ich habe all meine Hemmschwellen an nur einem Tag unwiderlegbar in den Boden gestampft... und mit dem Blut von Menschen getränkt die ich als meine Feinde ansah!

Du sollst das Leben achten... du sollst jedes Wesen als eigenständiges Individuum mit seinen persönlichen Fehlern respektieren!... Für wahr... große Worte... wenn wir keine Menschen wären!

Meine Finger glitten über ihre Körper und ich bemerkte... daß ich ihren Tod beweinte... Es war gut das ich es nicht noch sehen mußte... aber ich schwor mir selbst nie wieder die Macht die mir gegeben war... so leichtfertig einzusetzen um Leben zu zerstören! Manchmal war es gut wenn man im Leben geleitet wird... Aber man sollte sich nicht von allem leiten lassen was man für sein Leben hält!!!

Ein jeder Mensch ein jedes Wesen hatte ein Recht auf Existenz in dieser Welt... ob es nun gut so ist oder schlecht! Selbst Syrius so verwerflich er auch handelte!

In diesem Moment da ich es aussprach... die Worte meiner Reue... krallten sich meine Finger in einem Spalt an der Wand fest. Die Öffnung war nicht groß... aber groß genug das ich mich auf dem Boden kriechend durch ihn hindurch ziehen konnte. Wie ein Tier kroch ich einen langen dunklen Tunnel der kein Ende zu nehmen schien entlang. Aber es war mir egal. Wo immer er mich auch hinführen würde... es war eine Wohltat den ekligen Geruch des Todes hinter sich zu lassen... und nur die blanken Felsen unter meinen Händen zu spüren. Irgendwann würde ich das Geschehene vergessen... vielleicht würde ich mir eines Tages sogar selbst vergeben um weiter mein Leben zu leben.

Ich kroch so endlos vor mich hin... aufgeben und zurück konnte... wollte ich nicht. Der Drang in die Freiheit war stärker!

Weit entfernt vor mir wurde es heller und ich ertappte mich dabei wie ich erneut weinte. Diesmal jedoch aus Freude darüber... daß ich in keine Sackgasse gekrochen war. Und dieser dämliche Spruch vom Licht am Ende des Tunnels kam mir in den Sinn... was mich ein wenig erheiterte mir sogar neue Hoffnung gab. Immer hastiger kroch ich dem erlösenden „Ausgang" entgegen. Wie ein Flüchtender... nur war hinter mir niemand her... nur Erinnerungen... die ich hinter mir lassen wollte!

Immer enger schlossen sich die steinernen Wände um meinen Körper und dann... überkam mich Entsetzen als ich feststellte daß der vermeintliche Ausgang nicht größer als ein Faustgroßes Loch im Felsen war!

Meine Wahrnehmung hatte aus einem Mammutbaum eine Distel gemacht...

Ich konnte nicht mehr... mein Kopf sank auf meine ausgestreckten Arme nieder. Wie eine Ewigkeit kam es mir vor das ich so lag. Entkräftet... mit beißenden Wunden an meinem Körper erflehte ich Hilfe... mit immer schwächer werdenden Atemzügen die mehr einem Keuchen gleich kamen.

Ich hatte Angst... So nah war die Freiheit vor mir... zum Greifen nah... und doch unmöglich für mich sie zu erreichen!

„Hilf mir... gib mir die Kraft!"... Hauchten die Worte aus meiner Kehle heraus.

Er hätte mich beunruhigt dieser Krampf der durch mich fuhr wie ein Speer... geformt aus einem Blitzschlag... in diesem engen Tunnel der gerade genug Platz für meinen Körper ließ... Doch er gab mir neuen Mut! Ließ mich die Last... und Enge meines gewählten Weges vergessen. Nur wenige Zentimeter noch... nur noch ein wenig meinen Körper voran durch den engen Felsen quetschen... Freiheit hat ihren Preis... und ich war so begierig ihn zu zahlen... das es mich in diesem Moment nicht kümmerte wie sehr ich meinen Körper quälte! Wenn ich nur nah genug heran kommen könnte!...

Ich hatte die Erde erzittern lassen und eine Höhle zum Einsturz gebracht... Spalten im Boden geöffnet und dies alles mit der Kraft meines Willens verstärkt durch das Erbe einer längst vergangenen nur nie vergessenen Welt. Nur noch ein kleines Stück... wenige Zentimeter!...
Den stechenden Schmerz an meinem Rücken spürte ich zwar... auch das etwas warm kitzelnd über ihn seitlich und hinunter lief. Doch es war mir egal... ich ignorierte es... Die Freiheit lag unmittelbar vor mir... so wollte ich nicht verrecken... eingesperrt wie ein Tier auf allen Vieren kriechend!
Ich hatte es geschont... ich wollte nicht das ihm etwas zustößt aber nun... mußte ich mich noch flacher auf den Bauch legen. „Verzeih mir!" Hörte ich mich sagen und dachte an ein Stück Treibholz... an Baumstämme die sich den Weg durch einen Fjord bahnten. Nur war ich nicht in einem Fjord... es sei denn es gäbe einen der nur wenige Zentimeter breit ist... was aber wohl eher eine Unwahrscheinlichkeit darstellen dürfte so einen

zu finden!...

Ruhig zu atmen fiel mir zwar schwer aber ich zwang mich dazu. Nur noch eine Handlänge trennte mich von der Freiheit. Ich wollte kein Risiko eingehen... meine Energie... meine Macht wollte ich gezielt einsetzen. Würde ich zu früh... vielleicht stürzte der Gang sonst ein... Unerträglich dieser Gedanke. Deshalb ließ ich mich nicht hinreißen!

Schon seltsam wie viel ein Mensch bereit ist über sein Vorhaben nachzudenken... wenn es um sein eigenes Leben geht!

Meine Arme waren fast taub... und würde jemand den Weg von der Höhle bis zu dem Punkt an dem ich mich befand zurückverfolgen wollen...

Bräuchte er nur der Blutspur zu folgen die meine Ellenbogen... Knie... ja selbst mein Rücken an den Wänden hinterließ ...zuzüglich den Wunden die Syrius mir verpaßt hatte! Aber mein Wille trieb mich an!...

Daumen lang... ein scheiß kurzes Stück... ich mußte und wollte. Dann dieses unheilvolle Knacken und Ziehen... und bevor der Arm den ich mir ausgerenkt hatte vor Schmerz taub werden würde... schob ich ihn mit der Kraft aus der Verzweiflung heraus nach vorne... um die Handfläche gegen das Loch zu stemmen...

Arving du hattest Unrecht mein alter Freund und Lehrer... Die Macht des Auges... „Des Erbes" war nur so stark wie die Energie des Körpers... der es beherbergte. In Anbetracht meiner Schwäche war von Übermenschlichkeit nur insofern die Rede... das es mich am Leben hielt und mir Kraftreserven zur Verfügung stellte... damit ich mich selbst am

Leben halten konnte! Ein Tempel braucht Pflege wenn er den Gott in sich Beherbergen will!

Die Felswand vor mir... wo noch kurz zuvor ein Faustgroßes Loch zu sehen war... war einer mehr oder weniger Menschen großen Öffnung gewichen. Ich hatte genügend Platz mich hinaus zu ziehen... was mit einem Arm jedoch sehr erschwert zu bewerkstelligen war! Aber das was ich sah war das schönste seit der Dunklen Zeit in dem Tunnel! Eine kleine Einbuchtung im Felsen mit einem Vorsprung der direkt ins Freie führte!

Ein eisiger Wind erfasste meinen Körper... Bei all dem was ich erlebt hatte und was mir durch den Kopf gegangen war... hatte ich ganz vergessen daß es in Mitten des klirrenden nordischen Winters war!

Die Hose die ich trug war zerrissen und hing an mehreren Stellen nur in Fetzen an meinen Beinen... die von Schürfwunden nur so übersät waren. Mein Hemd war nur noch ein Hauch von Stoff der sich durch mein Blut an meinem Körper hielt!

Ich hatte mich aus der Hölle zurück an die Oberfläche gekämpft um nun in der Kälte und Grausamkeit des nordischen Winters zu verrecken...?

Einen Moment sammelte ich mich... versuchte das ich mich setzen konnte. Müdigkeit wollte sich ausbreiten... der Gedanke an meine unzähligen Wunden... den ausgerenkten Arm der mir die Freiheit brachte... Nur ich wußte wenn ich jetzt einschlafe... wache ich nie wieder auf!

Draußen war es hell also mußte es Tag sein. Doch nordische Tage sind kürzer als Andere... vor allem zur Winterzeit!

Die Sonne wenn überhaupt... schien nicht allzu lang... dafür waren die Nächte länger und die Dunkelheit zog sich fast endlos hin...Doch am schlimmsten war die klirrende Kälte! Ich mußte mich irgendwie orientieren... das es Tag war half mir in Punkt eins... und ich war stolz das ich trotz meines Zustandes den Vorsprung bis zum Rand erkroch... Doch dann der herbe Rückschlag!

Steil ging es hinunter. Ein heftiger eisiger Wind zerrte erneut an jeder Faser meines Körpers. Unten lag das Meer... begraben unter einer Eisdecke. Ich glaubte nicht daran hier um diese Jahreszeit irgendjemanden zu sehen der mir hätte helfen können!

Wer nicht wirklich mußte blieb lieber zu Hause an einem wärmenden Kaminfeuer... bei einer guten Tasse Kräutertee und einer sättigenden Mahlzeit. Nur ich kroch ziellos durch die Gegend... irgendwo an der Nordküste des Landes wie ich vermutete! Vielleicht hätte ich hinab klettern können... aber nicht in diesem Zustand... mit meinen Verletzungen und nur einem Arm. Und dann? Zu Fuß über das Eis?... Wohin?... Wo ich doch nicht genau wußte wo ich mich befand! Ob es einen Ort oder Siedlung in der Nähe gab. Ich war umgeben von Eis und Schnee soweit das Auge reichte und darüber hinaus. Und diese klirrende Kälte ließ meine Hände und Füße taub werden. Aber etwas Gutes hatte sie diese arktische Kälte... meine Verletzungen nahm ich kaum noch war! Das Blut das noch vor kurzem warm über meinen Körper lief war gefroren... durchsetzt von unzähligen kleinen Eiskristallen.

Aber um ehrlich zu sein... da gab es noch einen anderen Grund weswegen ich nicht sonderlich scharf darauf war mich aufs Eis zu wagen... Selbst wenn ich passend gekleidet und weniger verletzt gewesen wäre!

Norwegens Tierwelt ist natürlich und Artenreich. Und soweit im Norden gingen Touristen nur mit erfahrenen Führern auf Tour. Nicht der Landschaft und Kältewegen... Nein... Eisbären!!!

Bei einem Wolf der einem beim Spazierengehen im Wald wenn überhaupt... dank ihrer Scheu... über den Weg läuft hätte man eine Chance... Aber begegnete man einem Eisbär... war man unweigerlich tot! So war das nun mal... die Gesetze der Natur sind grausam!!!

Ich weiß nicht mehr wie lange ich zusammen gekrümmt in der hintersten Ecke dieser Einbuchtung saß... mit blauen Gliedmaßen. Und zuerst glaubte ich auch daß mir meine Wahrnehmung wieder einen Streich spielte... aber da halten zwei oder drei Schüsse die ich zu hören glaubte! Eine Art stille Hoffnung keimte in mir. Wirklich bewegen konnte ich mich nicht... mehr rollend bewegte ich mich wieder auf den Rand des Felsvorsprunges zu und sah auf das Eis hinab... Obwohl man das auch nicht so nennen konnte... es waren mehr Schlitze durch die ich blickte. Zu meiner Freude hatte ich mich nicht verhört. Drei Hundeschlitten glitten im rasanten Tempo über die weiße Decke des Meeres.

Wie ich es genau fertig brachte weiß ich nicht mehr. Nur der Schrei den ich mit der letzten verbliebenen Kraft ausstieß hallte in meinen Ohren. Denn ich ließ... mich hinabfallen! 20 vielleicht 30 Meter in die Tiefe. Ich vertraute darauf das wenn auch nicht gleich die Schlittenführer... zumindest aber die Tiere die sie zogen mich hörten. Tiere haben von je her ein feineres Gehör und ein sensibleres Gespür für Gefahren. Ich wußte natürlich das es einem Selbstmordkommando gleich kam... auch das ich mir sämtliche Knochen im Leib brechen würde... Aber da fuhr meine Chance auf Rettung über das Eis... und ich wollte sie nicht vorbei ziehen lassen!

Das Erbe hatte mich den Einsturz der Höhle überleben lassen... gab mir die Kraft eine Felswand vor mir zum Bersten zu bringen damit ich ins Freie gelangen konnte. Es würde mich jetzt nicht sterben lassen... nicht so... nicht so dermaßen sinnlos!

Ich spürte noch wie eine eisige Windböe meinen Körper erfasste... so das ich nicht wirklich fiel... sondern eher schnell auf den Boden zu glitt. Sie bremste meinen Fall... das Aufkommen spürte ich... nur war es nicht so wie es hätte normal sein sollen! Denn ich lebte noch und in einer Art Dämmerzustand lag ich auf dem kalten Eis und hoffte... vertraute den Instinkten der Natur!!!!!

„Hey Blake... hier drüben... Sieh dir das an das glaubst du nicht!... Nun mach schon beweg deinen verfrorenen Arsch! Brave Tierchen... da wäre ich doch glatt weitergefahren!..."

„Was ist das?... Lebt es noch?..."

„Das... „Es" ist ein Mädchen... eine Frau egal... und wenn ich den schwachen Puls richtig deute... ja dann ist sie noch am Leben... Noch!... Sieht aus als hätte sie Bekanntschaft mit einem dieser verdammten Eisbären gemacht... schau dir die Wunden an... die zerfetzte Kleidung... glaubst du das ist eine Touristin Blake?... Oh Mann ich kann mich noch an das endlos

lange Gesäusel von dem Typen erinnern der uns die Schlitten vermietete...
Bis wir ihm klar machen konnten das wir ganz gut allein zurechtkommen...
und Betäubungsgewehre dabei hätten...! Ok das war geflunkert muß ja
auch nicht gleich jeder wissen daß dein Onkel sich zum Geburtstag einen
neuen Kaminvorleger gewünscht hat... Ist vielleicht auch nicht so gut wenn
jemand denkt wir wären Jagdtouristen!... Oder?..."
„Bist du fertig Marcas?... Vielleicht sollten wir dann lieber das arme
Ding auf einen der Schlitten laden und zum Basislager zurückkehren!
Meinst du nicht auch?..."

Neues Leben

„Oh... sie sind wach!... Um ehrlich zu sein ich habe gerade 50 Pfund
verloren aber das soll sie nicht beunruhigen!... Es freut mich das sie noch
leben!...

Als mein Neffe sie hier her brachte waren sie... nun ja... einen Steinwurf
vom Tod entfernt! Ein... paar leichte Brüche- Prellungen- tiefe verkrus-
tete Wunden an Armen Beinen und Hals... einen ausgerenkten Arm... un-
aussprechliche Abschürfungen am Rücken und... und halb erfroren!...
Meine Güte sie armes Kind was sie alles erlebt haben müssen!... Kam der
Angriff sehr überraschend... oder waren sie oder ihre Begleiter nur
schlecht vorbereitet?... Wie viele waren es... man lässt doch so ein zartes
Geschöpf nicht einfach so in der eisigen Wildnis liegen!!??..."

„Wer?...Ich... Tut mir leid... ich... bin etwas... ich fürchte... ich weiß
nicht... wovon sie sprechen!...Was meinen sie?..."

„Selbstverständlich... tut mir leid sie zu überfahren aber... sehen sie wir
sind ganz in der Nähe von dem Ort an dem man sie fand und ich möchte
niemanden einem unnötigen Risiko aussetzen...!"

„Was...?"

„Eisbären mein Kind!... Mein Neffe und seine Begleiter berichteten mir
daß sie selbst von zwei bis drei dieser Biester angegriffen wurden... Zugegeben nicht auf einmal. Kurioser Weise sind die instinktivsten Jäger dieser
Zeit Einzelgänger...!!!..."

Er sah plötzlich merkwürdig verhalten aus... so als würde er sich...

„Nun ja... Und bei ihnen?... Als sie von ihrer Gruppe getrennt wurden...

Bitte verzeihen sie ich rede hier auf sie ein und stelle eine Frage nach

der anderen... Es ... es kommt nur nicht sehr oft vor das ich... im Laufe

der Zeit... das jemand so...

Viel Mut ist erforderlich für... für eine Frau... ich meine sie... Verzei-

hen sie einfach einem alten Mann der unaufhörlich plappert verzeihen sie

mir einfach!..."

Ich wußte immer noch nicht so recht wie und was... Da stand ein alternder

Mann vor mir der die Züge eines Playboys an sich trug. Charmant und

nett ohne jede Frage. Ich versuchte mir die größte Mühe zu geben mit ihm

eine Konversation zu führen... immerhin war ich in Sicherheit und dem zu

Folge zu Dank verpflichtet!

„Es war nur einer!" Kam es aus mir heraus. „Ein Eisbär!... Er... ich den-

ke er wird niemandem mehr schaden. Er versank im Eis... brach ein und

kam nicht wieder heraus!... Er... er ist nicht mehr von Bedeutung!..."

Ich schämte mich ein bisschen. Dieser Mann gab sich die größte Mühe mir

zu helfen... und ich log ihn so an! Denn alles woran ich dachte war kein

Eisbär... ich dachte an Syrius! Im Ganzen fand ich meine Fadenscheinige

Story selbst reichlich idiotisch... denn Eisbären können ausgezeichnet

schwimmen und tauchen! Wenn auch nicht gerade über lange Strecken!

„Verzeihen sie wenn ich sie aufgeregt haben sollte... das war nicht meine

Absicht... ich... es ist schön zu sehen das es ihnen wieder besser geht!"

„Wie lange habe ich geschlafen?" Abrupt fiel mir mein Geheimnis wieder ein. Und offensichtlich hatte man mich untersucht sofern dies möglich war unter den gegebenen Umständen. Wenn er meine Wunden so detailliert beschreiben konnte... wenn er sie gesehen hatte und davon ging ich aus... dann wäre es möglich das... er auch etwas anderes gesehen hatte! Ich sah ihn eindringlich an...

„Sie... sie kommen nicht aus Norwegen nicht war?... Ich lebe hier schon eine gewisse Zeit um das beurteilen zu können... Wenn ich schätzen sollte auch wegen ihrer Äußerung mit dem Pfund würde ich sagen... Brite?"

„Schotte!!... Aber sie haben eine gute Beobachtungsgabe... Und nun muß ich sie wiederum um Verzeihung bitten. Wir.. unterhalten uns nun schon seit geraumer Zeit... und ich habe mich ihnen noch nicht einmal vorgestellt!

Mein Name ist Malcolm Mac Kinnley! Und Momentan sind sie im Basiscamp einer... Expeditionsgruppe... die ich finanziere. Wie ich schon erwähnte mein Neffe Blake und sein Begleiter Marcas brachten sie hierher. Und laut dem Arzt den wir hier bei uns haben... hatten sie unverschämtes Glück das sie noch leben! Wenn sie nicht gefunden worden wären... ... dann... ... ... Aber darüber hinaus muß ich sie vorwarnen... das wird vielleicht ein Schock für sie deshalb habe ich es Eingangs des Gespräches noch nicht erwähnt...

In dieser Kälte... in dem Zustand ihrer Kleidung... ohne Schuhe!... Ich möchte mir nicht vorstellen was sie durchgemacht haben müssen... Deshalb fällt es mir schwer ihnen dies mitzuteilen aber... Leider waren an ihrem

linken Fuß zwei... die kleineren Zehen... nicht mehr... ich will damit sagen... Der Arzt mußte sie amputieren!... Das war leider eine Notwendig-
keit... und das ist leider auch noch nicht alles...

Sie sollten so schnell es geht eine Klinik aufsuchen denn... ich weiß nicht
wie ich es ausdrücken soll?... Sie... sie haben da eine... Geschwulst an
ihrem Bauchbereich. Wie mir der Arzt berichtete... Sie sollten auf jeden
Fall eine Klinik aufsuchen um... Sie sollten das behandeln lassen!... Wenn
sie möchten werde ich veranlassen das man sie umgehend Transport fertig
macht und dann..."

„Nein!!... Bitte!... Das... das ist nicht nötig... bitte wirklich das ist...
eine Art Erbe... ... Das hin und wieder hervortritt... Ich bin dabei zu
lernen damit zu leben!... Es sieht nicht schön aus ich weiß. Das ist so was
wie eine... Nabelhernie. Nichts wirklich Gefährliches... wenn man... richtig damit umgeht!!!..." ...

Ich wollte so schnell wie möglich das Thema wechseln!

„Wo genau sind wir eigentlich im Norden des Landes?"

„Sie haben vergessen wo sie sich befinden?!"

Hitze stieg mir in den Kopf... ich konnte wenn es darauf ankam lügen wie
ein Berserker...

Aber in diesem Moment da man mir geholfen hatte und ich...

Andererseits kannte ich diesen Mann nicht und ich wußte tatsächlich nicht
wo ich mich befand und das würde automatisch noch mehr Fragen aufwerfen
und Probleme verursachen...

„Nein ich... verzeihen sie das war eine dumme Frage! Ich meinte damit nur... ehrlich gesagt weiß ich selbst nicht genau was ich damit meinte... aber das ist nun auch egal! Wenn sie mich nur zur nächsten Siedlung bringen könnten... dann finde ich mich schon zurecht. Das wäre nett von ihnen ich möchte ihre Expedition auch nicht länger als nötig stören! Sie brauchen sich meinetwegen keine Gedanken zu machen... Ich bin ein Stehaufmännchen... wenn ich umkippe richte ich mich irgendwie wieder auf!... Jetzt lachen sie mich aus weil ich so einen Käse daher rede... ich schätze das habe ich wohl verdient!"

„Nein natürlich nicht!... Svalbard... aber das wissen sie natürlich!?... Und ich werde sie nicht auslachen... in Anbetracht dessen was ihnen geschehen ist! Da verliert man schon mal den Überblick über Zeit und Raum... das verstehe ich... Sie glauben ja gar nicht wie sehr ich das verstehe!...

Aber nun gut... genug geredet ich werde sie jetzt erst einmal alleine lassen... Dieser Weg dort führt durch ein Übergangszelt zu einem Waschbereich... Es ist spartanisch... aber ich werde veranlassen das sie warmes Wasser bekommen! Sie finden dort auch neue Bekleidung... Eines der weiblichen Crew Mitglieder hat in etwa ihre Größe und war so freundlich etwas von ihrer Kleidung zur Verfügung zu stellen. Also dann werde ich mich vorerst zurückziehen. Wenn ich mir nur noch eine Frage erlauben darf... woher kommen sie eigentlich... denn sie sehen auch nicht gerade so aus als lebten sie in diesem Teil der Welt?!"

„Nein das stimmt... ich bin von weiter weg... aus Deut... ich... Bergen!... Ich lebe eigentlich in Bergen!"

„Bergen?! Du liebe Güte... das ist ein sehr... sehr langer Weg einmal quer durchs Land... Und in ihrem Zustand... das kann ich nicht verantworten! Bleiben sie! Auf einen Passagier mehr oder weniger soll es nicht ankommen. Die Rute auf der wir kamen ist von Eisbrechern weitestgehend freigelegt und das Schiff groß genug.

Wir wollten zwar erst zum Ende der Woche aufbrechen... aber ich denke nicht... daß wir hier noch viel in unserer Unternehmung erreichen werden! Übermorgen brechen wir auf... ich werde es den Anderen unverzüglich mitteilen... Dann reisen sie komfortabler... wenn es sie nicht stört die Kajüte zu teilen. Viel Platz ist in denen zwar nicht... Aber es ist warm und es gibt drei Mahlzeiten... Wenn sie einverstanden sind?"

Sein Blick war durchdringender als es hätte sein können. Und dann war da noch so ein eigentümlicher Glanz in seinen Augen der mir merkwürdig bekannt vor kam nur wußte ich ihn nicht genau einzuordnen.

Aber er war seltsam... genau genommen war seine gesamte Art seltsam... so ein Mann war mir noch nie begegnet! Und doch kam es mir vor als würde ich ihn schon seit Jahren kennen.... es war seltsam und unheimlich zugleich....!

Natürlich war ich einverstanden! Mir war alles recht... ich wollte nur weg von diesem Ort.... Svalbard?... Ich konnte es nicht glauben! Syrius hatte das alles hier oben veranstaltet?... Auf dieser Insel? Spitzbergen... Wie konnte er nur so... All diese Menschen wie hatte er sie hier her

gebracht?... Dieser merkwürdige Mann... wie hieß er doch gleich?...
War er vielleicht auch Einer von Jenen die an seinem „Fest" teilnah-
men?... Konnte ich hier jemandem trauen?... Konnte ich mir noch trauen?

Das warme Wasser tat so gut wie nichts Vergleichbares. Es vertrieb die
Kälte und ließ mich allmählich wieder menschlicher wirken. Die „neue
Kleidung" wärmte krönend meinen Körper... und dankbar nickte ich Stunden
später der Frau zu die sie zur Verfügung gestellt hatte.
Der Aufbruch kam und ich sah das Beeindruckenste Schiff bis dato!...
Ausgenommen denen im Vikingskipshuset in Oslo!... ... ...
Aber das war eine ganz andere Liga!
Das Essen schmeckte... und irgendwie kam es... das ich mich wie selbst-
verständlich... zum Kartoffel schälen und Gemüse putzen anbot... Erstens
vermittelte es mir ein gutes Gefühl mich dankbar zu zeigen. Zweitens
entging ich so den leidigen Fragen und Beobachtungen... oben an Deck!

Mac Kinnley vermied es seinerseits mich mit weiteren Hilfsangeboten zu
bedrängen. Er hatte genug für mich getan... mehr als genug! Und ich
wollte nicht zu tief in seiner Schuld stehen! Es war gut so wie es war und
ein Jeder kam damit zurecht. Doch noch immer wußte ich nicht... ob er mit
Syrius unter einer Decke steckte...
Wir bahnten uns den Weg an der Nordischen Küste entlang. Und ein jedes
Mal wenn alles schlief getraute ich mich an Deck. Die Eisige Seeluft
erschwerte das Atmen...

Aber der Anblick ließ alles vergessen... „Aurora borealis"!

Das schönste was man sich vorstellen konnte! Ich stand am Bug an die Reling gelehnt. Meine Hände tief in die Daunenjacke vergraben... die mir Peer unser Koch kurz vor dem zu Bett gehen gereicht hatte... Er wußte wohl was ich vorhatte und nickte nur mit einem verständnisvollen Lächeln als er sie mir gab.

Da stand ich und schaute auf das Nordmeer... Die Fahrrinne die vereinzelte Eisschollen enthielt... die Sterne... der eisige Windhauch.

Der Duft nach... ja... für Jeden riecht es anders... das hängt mit der Wahrnehmung des Einzelnen zusammen. Der eine riecht nur die Kälte... ein Anderer meint das Wasser oder das Schiff zu riechen... Ich roch die Freiheit... und etwas... das mich mit meiner Heimat verband!... Mir wurde bewußt... das... ich die Dinge die sonst selbstverständlich waren... viel klarer wahrnahm! Die kleinen Einzelheiten die man zu Weilen übersah... sog ich in mir auf... noch mehr als ich dachte dies schon getan zu haben! Manchmal glaubt der Mensch nur... seine Augen wären geöffnet... nur wirklich sehen kann er damit nicht!

„Mächtig kalt was?... Aber es ist schön zu sehen... daß sie mal aus ihrem Versteck heraus kommen!... Mein Onkel sagte... nein vielmehr ermahnte und befahl zugleich ... sie vorerst nicht zu „nerven"! Aber das würde ich mir niemals erlauben! Nun sie haben die Wahl... entschwinden sie zurück in ihre Kajüte?... Was ich allerdings im Moment nicht empfehlen würde... es sei denn sie haben eine Vorliebe für Dreispänner! Oder sie bleiben und helfen mir dieses Zeug hier zu vernichten! Eisprinzessin?..."

Ein großer schlanker Mann... gepflegte Erscheinung... kurzes rehbraunes Haar... so etwa um die Dreißig stand plötzlich neben mir. Sein Kommen hatte ich gar nicht bemerkt... so vertieft war ich in meinen Gedanken gewesen. Er lächelte und ich lächelte zurück.

„Mein Name ist Blake... Blake Mac Kinnley! Mein Freund Marcas und ich haben sie auf dem Eis gefunden... erinnern sie sich?... Nein wahrscheinlich nicht... sie waren ja bewußtlos. Aber ich bin wenn ich das so sagen darf... so zu sagen ihr Ritter in der Not. Und ich freue mich zu sehen daß es ihnen schon erheblich besser geht...

Und keine Angst holdes Fräulein ich werde sie nicht mit Fragen nach dem Wieso und Warum durchlöchern!"

Er lächelte erneut und ich tat es ihm wiederum gleich. Er wirkte wie ein Gentleman der gerne Ritter spielte!

Jemand mit einer stolzen Herkunft... gehoben eben. Und er war zugleich der verwöhnte Bengel der nichts ausließ um sich zu amüsieren! Er reichte mir einen Flachmann und grinste dann weiter in sich hinein... Ich reichte ihn nach einem Schluck zurück. Alles hätte ich erwartet... und auf einen guten schottischen Whisky gehofft... doch es war zu meiner großen Verwunderung Aquavit... Kümmelschnaps! Was ich für einen Schotten sehr ungewöhnlich fand.

„Gut für die Verdauung...!" Sagte ich und wollte nicht weiter fragen warum er seinen Flachmann gerade damit gefüllt hatte... zumal man den Geruch schwer wieder heraus bekam.

„Wem sagen sie das... aber man kann eine gewisse Leidenschaft dafür entwickeln... Höllisch... Na ja aber ich muß sagen... seit dem sie in der „Küche" ihr Unwesen treiben... ist das Verdauungsproblem hier an Bord nicht
mehr ganz so... problematisch!..."

Diesmal war ich diejenige die lachen mußte. Es war ein befreiendes Lachen
und ich verdrängte die Frage wann ich zum letzten Mal so herzhaft und
unbekümmert gelacht hatte... Es tat gut und mit einem dankenden Blick...
gab ich ihm das auch zu verstehen!

„Darf ich sie... etwas fragen... Verzeihen sie... Sie wollen nicht Neugierig sein aus Höflichkeit und ich möchte nicht unhöflich erscheinen mit meiner Neugierde!... Aber was wenn ich fragen darf macht ein Schotte soweit von seiner Heimat entfernt in den eisigen Regionen des Nordens?..."

... ...

„Oh sie dürfen gerne fragen... Fragen zeugt von dem Wunsch nach Wissen
und das sollte ja ein Ansporn im Leben sein... zudem finde ich persönlich
diese Tugend bei Frauen sehr attraktiv!"...

Er hatte so einen Ausdruck in seinem Gesicht und ich dachte nur... Junge
deine Rechnung zahlst du heute selber!...

„... Nun tja wissen sie... Schuld ist mein Onkel! Er ist ständig auf der
Suche nach allem Möglichen... vor allem aber nach Schätzen der Vergangenheit! Er gibt nicht auf bis er hat was er will... so war er schon immer... so wird er immer sein und ich vermute das wird sich auch nicht
mehr ändern. Ich fürchte daß sich dieser Drang mit zunehmendem Alter
noch verstärken wird...

Unzählige Expeditionen hat er schon finanziert und an einigen sogar selbst teilgenommen... wie sie ja schon festgestellt haben. Was er nun ausgerechnet hier gesucht hatte entzieht sich meiner Kenntnis. Er ist... manch Einer würde ihn wohl als „verschroben" bezeichnen... Seine Gedanken und Vorgehensweisen sind nicht gerade ein offenes Buch. Es gibt Dinge über die er redet... und Dinge über die er sich ausschweigt... selbst mir gegenüber! Aber man gewöhnt sich daran. Am besten kommt man mit ihm aus wenn ein jeder tut was Er sagt und nichts in Frage stellt!..."

Er sagte es mit einer Leichtigkeit und doch spürte ich so etwas wie Bedauern in seinen Worten. So geschickt war er nicht dies zu verbergen! Aber ich denke... er wollte mir nur damit sagen das... egal für wie sonderlich auch immer man sich selbst hielt... das es immer noch Jemanden gab der einem den Rang ablief! Ich wußte was er meinte und ich kannte selbst auch einige Menschen die mir hätten den Rang ablaufen können was das Sonderliche betraf!

„Und sie?... Sehen sie nun siegt auch bei mir die Neugier... so schnell geht das!... Sie sind keine Norwegerin... tja schwierig... was treibt Sie in die eisige Kälte fern ab ihrer Heimat?... Sie müssen die Frage nicht beantworten wenn sie nicht wollen!..."

Und wieder sagte er etwas so... wo er insgeheim hoffte daß ich auf jeden Fall reagieren und antworten würde.

„Ich?... Das ist eine sehr lange Geschichte... und hier draußen so schön es auch ist... ist es definitiv zu kalt um ein derart langes Epos zu erzählen!..."

Er lächelte wieder. Natürlich hätte ich so tun können als wäre mir die Frage die er gestellt hatte egal gewesen. Aber es tat gut mit ihm zu reden und aus irgendeinem Grund empfand sich seine Gesellschaft als angenehm. Daher beschlossen wir unser Gespräch unter Deck fort zuführen wo es wärmer war und die Stimme beim Sprechen nicht so zitterte.

Alles erzählen würde ich ihm mit Sicherheit nicht... aus gewissen Gründen! Aber den Grundriss ließ ich ihn Einblicken... ... ...

Das ich eigentlich aus... „Germanien" stamme... und nach Norwegen kam in der Absicht mal reine Luft zu atmen... ein Stück Freiheit einzusaugen. Meine Selbstfindungsabsichten... und das ich mich dabei verliebte!...

Mein Herz das ich sonst hinter einem Harnisch aus Panzerstahl verschanzte... an dieses Land verlor!...

Es fiel mir nicht wirklich schwer ihm Einblicke in mein Leben zu gewähren die ich gerne mit Stolz preisgab!

Wer einmal das Wagnis unternommen hatte dem Felsen bis zum Rand zu folgen... und den Geirangerfjord aus dieser Perspektive sah... Die Weite... die Gebirgsketten auf denen vereinzelt der Schnee wie eine Zuckerglasur auf der Natur ruhte... der weiß wovon ich rede. Dalsnibba! Beeindruckende Wasserfälle... begrünte Felsen... tiefes dunkles Wasser das sich den Weg durch das Land bahnte. Du möchtest ein Adler sein... deine Schwingen ausbreiten und dich mit dem Wind davon treiben lassen... Hinein in die perfekte Vereinigung der Elemente! Ich erzählte ihm sogar daß ich beim ersten Mal dieses Anblickes geheult hatte wie ein Schloßhund... aus Ehrfurcht vor dem was meine Augen sahen. Ich erzählte ihm sogar das ... sollte einmal der Tag kommen an dem ich tatsächlich eine Ehrbare Frau werde... dies der perfekte Ort für eine Zeremonie wäre. Auf einem Wikingerschiff den Fjord entlang und dann in der untergehenden Sonne auf Dalsnibba dem Mann den ich liebe ewige Treue zu schwören...! Das war nicht kitschig.....! Das kam aus tiefstem Herzen und daher erzählte ich es mit einem Stolz als wäre ich ein geborenes Kind dieses Landes...!!!

Wir redeten noch die ganze Nacht lang hindurch... bis wir die Schiffsglocke hörten die ankündigte das der Schichtwechsel der Crewmitglieder begann. Ich hatte zwar nicht ein Auge zu gemacht aber das war mir egal. Seit Langem hatte ich mich nicht mehr so lebendig gefühlt!... Und ein kleiner Teil in mir hoffte daß die Fahrt nie enden würde...

Abschied vom Land im Land

Die spitzgiebligen Holzhäuser am Hafen... der nie enden wollende Regen...
Warum es mich damals hierher verschlagen hatte...
Vielleicht lag es an dem Charme seiner Bewohner... oder seiner Geschichte selbst.
Wir liefen in den Hafen von Bergen ein und mehr denn je stieg einem der
Geruch vom Fischmarkt in die Nase. Nicht das man das Meer nicht während der Herfahrt gerochen hätte... nur war es anders. Es roch mehr
wie... du kommst nach Hause zum Essen und schon im Flur riechst du das
du wirklich zu Hause bist weil da in der Küche dein Lieblingsessen auf dem
Herd brutzelt...
Ich war zu Hause angekommen... aber nur zaghaft bewegte ich mich von
Bord... etwas hielt mich zurück daß ich nicht erklären konnte. Was war
nur mit mir geschehen? Mein Herz sollte Luftsprünge machen... stattdessen fühlte ich einen Schmerz der einem Hochverrat gleich kam. Und zum
ersten Mal... seit ich in Norwegen lebte... schlief ich in einem Hotel...
Blake Mac Kinnley der wohl eher als ich zu spüren schien was in mir
vorging... mietete mich in einem Hotel in der Nähe des Fischmarktes ein.
Die Großzügigkeit der Mac Kinnleys schien keine Grenzen zu kennen.
Malcolm Mac Kinnley überreichte mir kurz vor meinem Abgang von Bord
einen Scheck den ich zuerst mehr als hartnäckig ablehnte... nur ließ er
sich nicht davon abbringen! Er sagte nur...
"Für den Start ins neue Leben!"...

Ich wußte das ich... Abstand brauchte... es war so deutlich zu spüren das es fast schon beängstigend war. Denn nach all den Jahren die ich hier verbrachte hatte... hätte ich nie geglaubt daß jemals dieser Zeitpunkt kommen würde.

Ein letzter Spaziergang durch die schmalen Gassen der Stadt. Ein letzter Blick auf die kleinen Kneipen... Wie von Munch gemalt erschien dieser wunderschöne restaurierte Stadtteil auf der anderen Seite des Fischmarktes... ein Moment der unvergesslich war... Ein letztes Mal den Gang auf der Bryggen... der einem Kreuzgang gleich kam!...

Alles in dieser Stadt schien mir sagen zu wollen... Bleib!... Verweile an diesem Ort!... Nur in mir war eine andere Stimme die unaufhörlich an meine Reise erinnerte. An das was ich erlebt hatte... Und das meine Suche noch nicht zu Ende sei... denn sie hatte gerade erst begonnen...

Da war ein tieferliegender Ruf... als der meines Herzens!...

Ein heißes Bad und einige Spezialitäten später fand ich mich am Abend am Hafen wieder. Die Bess lag hell beleuchtet vor Anker und ich ertappte mich dabei wie ich auf der Planke auf und ab lief... um an Bord zu gehen.

„Nur Crewmitglieder dürfen hier herumstreunen!"

Es klang wie ein Donnerschlag in meinen Ohren... aber die Stimme erkannte ich sofort.

„Peer... ich..."

„Ach was... las das Rumgedrucke und Schwafeln und komm an Bord... Ich hab da grad was über dem Feuer das gefällt dir bestimmt!"... ...

Und ob mir das gefiel. Peers „Mallow Spezial"... Nach amerikanischer Sitte würde man sie ja aufspießen und über offenem Feuer rösten. Nur Peer war kein Amerikaner und deren Traditionen waren ihm so egal wie... als würde ihm jemand erzählen das in Alaska ein Eskimo vom Schlitten gefallen ist... Nein Peer tränkte diese weiße klebrige Zuckermasse mit Unmengen an verschiedenen hochprozentigen Flüssigkeiten... sozusagen ein Punsch.

Die Stückchen spießte er dann zwar auch auf doch zündete er sie wie den Zuckerhut bei einer Feuerzangenbowle an. Alles was herunter tropfte landete in einem Schälchen das seitlich einen Ausguß hatte. Zwei kleine Gläschen waren dann die Endstation dieser Prozedur... und die hatten es in sich!

Es muß weit nach Mitternacht gewesen sein als wir plötzlich umringt von Malcolm und Blake Mac Kinnley sowie noch drei weiteren Besuchern saßen. All die fragenden Gesichter die auf eine Antwort warteten... Das kommen von ihnen hatte weder Peer der schon reichlich angeheitert war und angefangen hatte ein paar schmutzige Seemannslieder anzustimmen... noch ich bemerkt. Die Unterhaltung die wir geführt hatten war so angeregt gewesen das es um uns nichts anderes zu geben schien...

„Mr. Mac Kinnley!... Ich... ich bin nur gekommen um ihnen das hier wieder zu bringen... Es wäre nicht richtig ihn zu nehmen... Es sei denn sie betrachten ihn als Darlehen und sie gestatten mir... das abzuarbeiten!"... Er sah den Scheck den ich in meiner Hand hielt... zuerst mürrisch an...

dann aber lächelte er... sah seinen Neffen an und fragte...

„Und wie genau haben sie sich das vorgestellt?... Das mit dem abarbeiten!"... ... ...

„Na ja... Ich könnte mich hier an Bord nützlich machen... ich... bin durchaus lernfähig... Ich weiß was Bug und Heck sind und ich schwöre sie haben noch nie sauberere Böden gesehen!..."

Das Gelächter das die Männer anstimmten war nicht höhnisch... eher warm und herzlich. Auch die Blicke die sie sich zuwarfen ließen eine gewisse Zustimmung erkennen... Das heißt... bei allen außer dem alten Mac Kinnley...

„Nun ja da haben sie Glück das heute ein Platz freigeworden ist... Wir mußten uns leider von einem Besatzungsmitglied trennen... bedauerlich!... Sie können den Platz einnehmen wenn sie wollen. Das bedeutet dann aber früh aufstehen und runter in den Maschinenraum!... Danach können sie weiter bei Peer aushelfen wenn sie..."

„Abgemacht! Das ist kein Problem für mich!"

Die Männer schauten erst mich und dann sich selbst einander an. Und schlagartig wurde ihnen bewußt... das ich es ernst meinte...

Fragen wurden nicht mehr gestellt. Auch Blake... der es zunächst nach all dem was ich ihm erzählt hatte am wenigsten verstand... nickte nur und gab ein... „Na dann Willkommen an Bord!"... von sich. Aber so wie er es sagte hätte er nicht so... verschmitzt Lächeln dürfen...

Nein ich... würde Norwegen nicht verlassen... nicht wirklich!

Einen Teil trug ich immer bei mir auch wenn man diesen nicht sehen konnte...

Als die Bess zwei Tage später auslief... in Richtung der Britischen Inseln... stand ich an Deck und verabschiedete mich von meiner „Heimat"!

Es war kein Abschied für immer das wußte ich...

„Ich komme bald zurück!"...hörte ich mich sagen. Und warf einen letzten Blick auf die vom morgendlichen Nebel verhangenen Giebel der spitzen Dächer im Hafenviertel... Sog den Geruch von Fisch ein... der nächtliche Fang der für den Markt angeboten wurde. Und ich grüßte die Fischer auf ihren Booten die an der Bess vorbeizogen!...

Ich bin gerade erst aufgewacht... meine Reise hat gerade erst begonnen... es gerade erst angefangen!

Der Sturm zieht herauf... ich sehe die Zeichen... die seine Ankunft...

Vorhersagen!!!...